GOBOOKS
& SITAK
GROUP©

GOBOOKS
& SITAK
GROUP ©

三日月書版

三日月書版

三日月書版
BL001
指尖的詠嘆調
illust 六百一
vol.01

CONTENTS

SOUL INVASION

黎楚
亞裔，身高179cm，身材偏瘦。深黑短髮，棕色眼睛。
笑容玩世不恭，帶一點邪氣和傲慢。經常做駭客工作，有黑眼圈。打扮年輕時髦，身上有不少戒指項鍊之類的飾品。
能力:資料操縱
能夠自由編寫人體代碼以控制身體（肌肉、激素、體液、內臟、骨骼等），或控制電子產品中微小電流與訊號（入侵網路、加密與破譯、修改資料），並藉以進行電子藝術的創作，後期成長後產生了新的特性。

沈修
亞裔和日爾曼混血，身高186cm，比黎楚健壯一點。
外表英俊。患白化症，皮膚異常白皙，銀灰色短髮，淺藍色眼睛。
氣場端莊、冷峻、穩重而有威嚴。身穿黑色長款立領風衣，雙手也常戴白手套。
能力:引力
宇宙四大基本力之一，附帶長壽的特性。
能夠控制萬有引力，例如改變一定範圍內的重力方向以達到念動力的效果；扭曲空間以扭曲光線，達到隱形；控制核融合、分裂（每秒兩百萬次）釋放能量，製造高維空間以囚禁或放逐物體；使用重力將物體達到近光速運動；通過近光速運動使時間發生扭曲，製造小型黑洞。
極限能力是開啟時空蟲洞。

Prologue

靈魂侵襲

警報響了。

實驗室大門立刻自動關閉，本層所有活動門都加上十級許可權鎖。代表著契約者入侵的紅色燈光緊接著亮起，在合金製作的牆面上一輪一輪折射出耀目的反光。

所有人抬起頭。

在這間實驗室裡的工程師都是精英分子，在他們至少五年的研究生涯中，警報響起的次數超過十次，然而沒有任何一次危險會波及到這個地方。

這是伊卡洛斯基地最核心處之一，所有契約者將不惜一切代價拚死守護的地點。

「這是幾級警報？」

「最高級！不要問了，立刻啟動緊急方案！」

「所有人摘下名牌，按照手冊第十三條指定的方案緊急逃生！」

「莫風還在外面，他正在休息區察看共生者的情況——」

「不要多問，共生者那裡會有專用通道！」

「中心電腦，銷毀所有資料存檔，開啟意外通道！」

在一片混亂的喊聲中，機械合成音不急不緩地報告：「接受A＋級許可權命令，開始銷毀存檔資料……」

黎楚拿起眼鏡，從容閱讀了緊急通知後，站起身。

所有人都看向他，有片刻鴉雀無聲。

在這些研究人員之間，他是唯一的契約者。

黎楚沉著地道：「按計畫逃生，我去休息區疏散共生者，順便找回莫風。」

在他們不遠處，就是共生者棲居的地方。

一旦脆弱的共生者被入侵者發現，只需要一把槍，就能輕易殺死大批共生者，然後甚至不需要一分鐘的時間，這些共生者相對的契約者都會相繼「赴死」。

無論契約者多麼強大，再怎麼呼風喚雨、無所不能，一旦自己的共生者死去，便只能與其共死。

契約者沒有感情，沒有疼痛，只有共生者，是唯一的弱點。

契約共生第二大特性：赴死。

共生者死亡時，契約者將在同一時刻與其共同死亡。

黎楚的許可權級別是九，在研究者中已然是最尖端存在，然而最高級的警報將大門完全封鎖，唯有伊卡洛斯的最高管理人員才能打開通向休息區的大門。

換作別人，此時已無法可想，但黎楚不同。

他戴上眼鏡，輕緩吐出一口氣。

資料化開始。

異能發動的瞬間，他在眼前的合金門中看見了若隱若現的代碼串層層疊疊，一閃而逝。

黎楚伸出右手，將食指輕輕放在解鎖終端，下一刻，瑩綠色的資料洪流向他鋪面而來，電子之風微微掠起他的髮梢。

黎楚神色不動，沉著地在不斷來回傳送的數據封包中過濾資訊，在他的神經元底層，一顆象徵著契約者的精神核瞬間爆發出博伊德光芒，不久後一道相差彷彿的資料流程自他的指尖流淌而出，輕巧地沒入門中。

「收到新指令，許可權核查進行中……許可權核查成功，關閉十級警戒鎖，打開第一道防護門……開啟完畢，打開第二道防護門……」

機械聲中，大門緩緩升起，黎楚從容走過後，又將其鎖死。

這一次，是真正地「鎖死」了。

數據化完畢。

「警報！全區警報！伊卡洛斯發現入侵者，入侵者已闖入A1、A2、G1、G5區，正在進入X區域！全區警報！」

現在黎楚踏入了休息區。

值得諷刺的是，這些被豢養的共生者們，此時此刻竟比養尊處優的研究人員更淡然。

他們有條不紊，各自排隊，從事先準備好的特殊通道一一逃出，臉上甚至沒有太多表情。

因為共生者的特殊性，他們一旦被自己的契約者找到，就會立刻被保護與隔離起來；並且會經過特殊訓練，壓制一切感情波動，定期檢查心理狀況，根據情況，還會接受不同程度的疼痛耐受訓練。

契約共生第一大特性：伴生。

共生者受到一切傷害，將複製到契約者身上。契約者發動能力時的疼痛將由共生者承受；契約者的一切情緒，將轉移到共生者身上。

契約者在執行任務時，將頻頻使用能力，且他們自身情緒也會由共生者來承受——這使得共生者除了外來的威脅外，也常常因為壓力過大，或者精神崩潰，而選擇自我傷害。

而自我傷害，又會立刻複製在契約者身上，影響任務執行的同時，往往會造成更嚴重的惡性循環。

一切的一切，使得共生者在這個世界上的地位微妙了起來。

他們是弱點，也是犧牲者，承受著契約者理應承受的代價，同時也感受著契約者理應感受的情緒。

而在伊卡洛斯基地，所有共生者都被集合在一起，然後教導他們如何壓制自己的……哦不，不屬於自己的情緒，以及如何忍受能力發動時的痛苦。

黎楚在共生者隊伍的周圍掃視了一圈，這些共生者漠然看著他，口中念念有詞——背誦，有時也是忽略疼痛的一種手段。

黎楚在隊伍中見到了屬於自己的共生者，晏明央。

契約者總是很容易找到自己的共生者，這也許是一種天然的感應。

而和以往任何一次都相同，晏明央看著黎楚，神色空茫，不帶感情。

黎楚知道他正在感受自己的情緒。

黎楚生來就是契約者，沒有體驗過那種……有情緒的感覺，因此看見晏明央時，總是有些微妙，心中猜測著：我的共生者會感到什麼？那本是我現在看到他時的感覺。

黎楚過來是為了確認共生者的情況，以及找到莫風，他手下的一個研究者。

休息區非常大，為了保證共生者的生存環境，甚至內部劃分出六個層次，而黎楚一層一層向外找尋的時候，在第四層見到了共生者的屍體。

黎楚一眼掃過那具屍體，立刻發現他是遭人從背後突襲，然後乾淨俐落地徒手勒死。

他盡量輕巧地向後移動，背靠著牆壁，右手插入口袋中，握住了特製的電擊棒。

雖然是契約者，但黎楚的能力並不適用於戰鬥，他更擅長分析和竊取情報，以及擾亂敵人的決策中樞，故而一直在研究者隊伍中工作……此刻他來到這裡，是為了確保共生者們——包括他的共生者——安全撤離，畢竟在這種核心區域和危機時刻，或許他已經是最強的戰力之一了。

他知道自己不能將注意力長期集中在屍體上，這將使自己很容易被偷襲，而這個敵人顯然擅長潛伏和滲透……對方能夠通過契約者的阻撓和基地的層層保護進入這裡，顯然有著防不勝防的特殊能力。

黎楚背靠著牆發動能力，眼前立刻浮出清晰的資料情報。

空氣濕度、含氧量、牆面厚度，乃至於微風的曲線，全都化為數字，一一呈現。

而地面的血跡，顯示出一行與眾不同的訊息。

敵人的鞋子邊緣曾蹭到血跡，根據弧度推算鞋子大小，繼而根據腳掌推算……那是個一七五到一七八公分之間的成年男人。

但是鞋印曾經在的位置……屬於一個，不可能的角度。

牆角處。連孩子都無法站穩的超近距離。

下一刻，黎楚背後的牆面中驟然伸出一雙布滿傷疤的潔白雙手！

他迅捷無比，熟稔而快速地找到黎楚的脖頸，以最堅硬的肘部絞緊，試圖扭斷黎楚的頸椎。

黎楚迅速向後肘擊，繼而發現這是錯誤的決定——他的敵人只從牆體內部伸出了一雙手！

喉嚨發出咯咯聲，那雙傷痕累累的魔鬼之手迫不及待想要將他絞殺，而下一刻，一聲槍響在耳畔驟然炸裂——

「砰！」

扼住黎楚咽喉的雙手不知何處吃到了這發子彈，腕部肌肉一緊的同時，當機立斷地縮回了牆內。

黎楚急促地呼吸著，緩緩站起身，收回了能力。

眼前是他正在尋找的人。

莫風手上猶握著槍，緊張地吞咽了一口唾沫，說道：「博、博士……敵人好像有讓部分肢體穿牆的能力。」

黎楚推了推眼鏡，看了他一眼，一言不發地起身。

莫風鬆了口氣，隨口說道：「博士，你來這裡做什麼？」

黎楚道：「走吧，我帶你——」

「砰！砰！」

兩聲乾脆俐落的槍響。

鮮血迸發，四散濺在銀白的牆面上，從牆上緩緩淌下。黎楚的無頭屍體撲倒在地。

莫風以職業殺手的習慣，接連開了兩槍，確保了他的死亡。

牆上浮現一張鬼魅般的臉龐，問道：「為什麼……阻止我……絞殺……」

莫風冷笑道：「蠢貨，你面對的這傢伙，是伊卡洛斯最可怕的『腦』。我們觀察了他那麼久，米蘭達全力『輔助』我才找到一丁點破綻，可是至今連他的能力也沒有摸透。

「據我推測，他可以控制他的身體，從血液到呼吸，從細胞核到基因。他是根本不可能窒息的人，又怎麼可能被你絞殺？哪怕是心臟裂開，在死前的一秒內，他都有辦法殺了你。對付這種人，只能出其不意，或者解決他的思考能力——我如果再慢一點，死的就是你。」

靈魂侵襲

此時此刻，逃生通道中。

晏明央漠然跟著隊伍前進著。他口中念念有詞，背誦著《聖經》，因為他正被疼痛侵擾著。

他熟悉這種疼痛。這是他的契約者黎楚在使用能力時，帶給他的疼痛。

實際上，他不在乎黎楚是誰。

不在乎自己在做什麼，不在乎這裡發生了什麼，不在乎世界是什麼樣子。

他早就習慣了這種疼痛，也對自己的情緒麻木了。

這是這個世界，唯一賜予他的知識：如何作為契約者的體外器官，活著。

晏明央念著：

不可封了這書上的預言，因為日期近了。不義的，叫他仍舊不義；污穢的，叫他仍舊污穢；為義的，叫他仍舊為義；聖潔的，叫他仍舊聖潔。（啟示錄 22:10）

直到一種令人恐懼、又令人敬畏的劇烈疼痛感，從他的靈魂貫穿了軀殼。

晏明央跪倒在地，雙手緊緊抱著自己，這是他學到的保護自己——不，保護契約者的方式之一。

周圍的共生者繞開他，他們司空見慣，就像被豢養的家畜看見同伴被殺死一樣。

沒有什麼可看的。

唯有晏明央呆在原地，茫然抬起頭。

「我……發生什麼事了？誰告訴我這是什麼鬼地方！」

契約共生第二大特性：赴死。

……反之，契約者死亡，共生者將清除記憶，轉化為正常人類。

契約共生三大特性：

一、伴生：共生者受到一切傷害，將複製到契約者身上。契約者發動能力時的疼痛將由共生者承受。契約者的一切情緒，將轉移到共生者身上。

二、赴死：共生者死亡時，契約者將在同一時刻與其共同死亡。反之，契約者死亡，共生者將清除記憶，轉化為正常人類。

三、交頸：交換體液將在短期內解除伴生特性，持續時間將根據不同方式而變化。

Episode 1

靈魂重塑

SOUL INVASION

靈魂侵襲

1

黎楚醒來了。

他緩緩睜開眼睛，一種從未體驗過的感覺正在他身上蔓延。

他低下頭，有一瞬間的迷惘，繼而發動了能力。

熟悉的資料洪流吞噬周遭，數字取而代之，將他的視線遮蔽。

經緯度資訊、空氣成分、環境參數、身體健康度……

黎楚輕車熟路，讀取著其中資訊。

發現……一切都不正常。

他竟然，在一具陌生的軀體當中。

黎楚茫然站起身，資料提醒他，他的右側小腿並右腳外側有部分擦傷，傷口見血，有極小機率被細菌感染。

當然這不是他的身體，也不是他的傷口。他莫名其妙變成了這樣。

黎楚低頭確認傷口，以及傷口附近那種名為「疼痛」的感受。

身為契約者，他竟然有朝一日……也會因為疼痛而皺眉。

黎楚輕輕按上胸口，試圖像往常一樣保持冷靜，然後發現自己有一些……愉悅？

——因為疼痛而愉悅嗎？

黎楚收回思緒，將精神浸沒入自己的精神內核當中，他察覺自己的異能大部分被完整地保留了，然而他對從前身體的「改造」則完全消失。

很正常，因為身體換了。

黎楚很久沒有這種在完全陌生的資料當中瀏覽的感覺了。

一具陌生的身體，其中包含的資訊龐大到可以令正常人類崩潰——上億的細胞參數和動作，組合起來後每個器官組織的資訊和狀態、身體的總體狀態，還有每一個動作使用到的肌肉、骨骼、血液乃至於生物能量，還有神經中跳動著的資訊。

他從前整理出的代碼，以及為了解析身體狀況和完全掌控身體所編寫的函數，也完全消失了。

黎楚：「……」

這種一朝回到解放前的酸楚感覺……原來是這樣的。

黎楚試著正常地，而不是使用程式地，走路。

他一邊練習走路，一邊分析搜集到的資料。

從骨骼上判斷，這具身體是健康的二十一歲男性，身高一七九公分，體重六十八公斤，三圍馬賽克。

穿著的衣服是滌棉短袖T恤、單寧牛仔褲，從成分分析大概出廠半年，穿了一天零九個鐘頭。

胸口的狗牌上寫著：255-65535-K

意思是：伊卡洛斯基地，六五五三五號，共生者。

黎楚：「……」

——等等，共生者？

他有生以來都是契約者，兢兢業業出任務，出生入死保護共生者，好不容易混到契約者的上層組織，有了個鐵飯碗，還有個看起來不錯的基地幫忙照顧他的共生者……結果自己又變成了共生者？

從食物鏈頂端變成了……食物鏈頂端的家畜？

呃，這什麼從天堂掉到地獄的悲慘感覺。

黎楚摘下狗牌，塞進褲子口袋裡。

這種牌子的內部裝著ＧＰＳ訊號發射器，以保證伊卡洛斯基地能隨時找到共生者的所在位置。

它是黎楚設計的。

當年有人質疑黎楚採用了金屬名牌的設計，認為應該將訊號發射器直接埋入共生者體內，但這個想法被黎楚強力否決了。

事實證明黎楚是對的，但凡被圈養和洗腦超過三個月的共生者，全都沒有了拿下狗牌的心思。

他們被養在美夢一樣的環境之中，被教導著一個很簡單的道理：熱愛基地，因為基地給你吃、給你穿、給你保護，不然你會輕易被外面的契約者弄死。

有些共生者，還真的比狗還好養。

這也是為什麼他們會戲稱這種名牌為「狗牌」的原因。

黎楚再次檢視了自己的身體狀況後，終於走了出來。

他原本昏迷在巷子深處，身上有被人翻過的痕跡，但沒有損失東西。想來是拾荒者看他一無所有，懶得管了。

黎楚走在大街上，人來人往，沒有人對他有多餘的好奇心。

前契約者、現共生者黎楚，茫然四顧，在路中間停下，思考了一會兒，覺得自己得回去伊卡洛斯基地。

因為他的肚子咕嚕嚕叫了，他沒有錢，而伊卡洛斯管飯。

先聯繫伊卡洛斯，還是先想個辦法吃飯？

黎楚拿不定主意，在街上閒晃，隨便進了街邊一家小吃店。

十分鐘後。

沒錢被趕了出來。

饑餓感稍微停了一會兒後，又一波更強的感覺湧了上來。

……身為一個從未有過類似體驗的契約者，這種饑餓令人難以忍受。

黎楚又沿著這條路走了十分鐘，看到一家網咖，想了片刻，走進去。

這家網咖還算正規，至少沒有吞雲吐霧如在夢裡。

黎楚越過櫃檯，徑直坐在座位上，開機後，見到要求登錄的介面。他左右看了看，伸出食指碰了碰主機的ＵＳＢ插口。

一道看不見的資料流程輕易溜了進去，黎楚閉著眼，遮掩著瞳孔內放射出的博伊德光，瀏覽這臺廉價電腦內雜亂無序的資料。

片刻後，黎楚找到了一個漏洞，輕而易舉地滲透進去，獲得了系統的管理者許可權。

螢幕上的登入介面自動填入了一行使用者帳號和密碼，進入了桌面。

黎楚打開瀏覽器，搜索伊卡洛斯基地的偽裝地址，立刻就看見新聞報導，某某倉庫遭遇火災，雖然已經撲滅，但目前還在統計財產損失，另外萬幸沒有人員傷亡。

可以想見，這肯定是伊卡洛斯的掩飾新聞，真相大約是基地在短期內沒法恢復元氣，或者乾脆永遠不會恢復了。

黎楚不急不緩，用滑鼠和鍵盤來瀏覽新聞。

用能力的話，他可以在一秒內搜集上萬條資訊，但他現在自身的閱讀速度不快——原來的身體裡有速讀的功能代碼，但丟了——這麼做沒有太大意義，而且他也無處可去，不如在這裡待著。

黎楚又搜索了片刻，沒見到進一步的報導。

在基地外部，基本上無法連接到基地內完全獨立的系統，除非他發動能力，並站在可以連接到基地設施的地方。

結論：暫時不能指望基地了。

黎楚坐了一會兒，看到自己坐著的椅子上浮現一堆毫無意義的參數。

他關了能力，心中思考：我現在使用能力，承受疼痛的會是誰？依然是我過去的共生者晏明央嗎？不，更重要的是……

好像更餓了，感覺好奇妙。

黎楚看了瀏覽器一眼，在搜索框裡輸入：沒錢、吃飯。

然後隨手點開一個網頁。

提問者：沒錢吃飯了怎麼辦，兄弟們誰接濟一下我？

沙發：去警察局門口撒尿，進去以後有吃有住。

黎楚：「……」

忽然恍然大悟哎。

2

黎楚坐在網咖中，又思考了二十分鐘。

沒有人可以請他吃飯。

一，黎楚之所以叫黎楚，是因為他爹姓黎他娘姓楚，關於他父母的其他資訊則一概全無，所以沒家人依靠；二，黎楚認識的人基本上都在伊卡洛斯基地，離開基地後無法通過普通人的方式聯絡；三，實際上他還有個「契約者」可以依靠，因為他現在是共生者，但是……他不認識這個人。

總之，要不要先去警察局看看？

黎楚從口袋裡拿出那塊刻著255-65535-K的牌子，放在掌心，金屬邊緣打磨得很好，表面光滑但暗淡。黎楚用指節扣了扣，知道裝在裡面的訊號發射器依然完好。

如果坐在這裡不動，伊卡洛斯基地會派人來找他吧。

也有可能是入侵者覆滅基地以後，又破譯了他們的內部系統，然後根據這個訊號發射器來找尋倖存的共生者。

實際上，黎楚無所謂是哪一方找到他。

身為契約者，他能夠在任何時候作出最佳選擇，將自身擺放在第一位，基於這一點，自己的共生者當然是在第二順位……好吧，現在他沒有共生者了。

黎楚摩挲著金屬牌的手指停下了。

他發現他的思考方式和現在的身分無法協調——他現在是個共生者，需要考慮的不是投靠哪一方了，因為哪一方都不需要考慮共生者的意願。

對異能組織來說，只要能找到，就能輕易抓住、控制共生者，然後其對應的契約者也會乖乖束手就擒。

然後，就像伊卡洛斯基地那樣，把所有共生者編號，安排宿舍，永遠關在一個人工製造好的生活環境裡，保證他們身體健康，心理殘缺，作為契約者的體外器官好好活著。

所以，身為共生者的黎楚，如果不想過這種家畜的日子，實際上最好的選擇是隱姓埋名，和這個江湖 say goodbye。

黎楚還在思考時，旁邊坐下了一個人。

對方開機後徑直打開影片，點開一部不知名的抗日劇。隨著電腦裡發出吼叫聲、機槍聲、爆炸聲等等音效，他打開泡麵吃了起來。

於是泡麵的香味便向著旁邊猝不及防的黎楚撲面而來。

「咕嚕……」

黎楚覺得餓得有點難受。他推算這具身體已經有一天半的時間，沒有攝入任何能量。

向網咖櫃檯看去，服務生背後一排一排，都是食物。

可是……沒有錢。

黎楚思考了一下該如何賺錢。

按照契約者簡單粗暴直接有效的行為習慣，他現在最想幹的事情是……從銀行裡借點錢。

咳，不是搶劫，那樣動靜太大了。當然也不是偷盜，那樣需要考慮的太多，錢賺得太慢了。

黎楚的精神力在網咖電腦裡轉了一圈，檢查硬體設施的詳細情況，發現如果想要入侵一些稍顯薄弱的銀行伺服器，其實還是能辦到，但是風險也有點大。

他想了一會兒，覺得自己需要先準備「工具」。

所謂「工具」，類似於電腦程式一樣的「人體代碼」。黎楚能夠通過預先編寫代碼，來控制自己的身體和資料流程，從而達到複雜目的。

比如想入侵銀行，一般人需要的是軟硬體設備，使用「駭客工具」；而黎楚需要的是一條網路線，和在自己體內的神經元中預先存儲好的「工具」。

當然，換了一具身體，黎楚從前寫好的「工具」都消失了。

現在要做的，就是根據記憶，重新寫出它們。

黎楚閉上眼，準備開始工作。

「咕嚕……」

……呃，好餓……

無奈地思考了一下，他決定先寫一個「忽視胃部知覺」的程式。

三個小時後。

天色漸晚，網咖漸漸空曠下來，在晚飯時間，除了一些遊戲狂熱者，大部分人都選擇暫時撤離去吃晚飯。

網咖服務生泡了碗泡麵，在等待的時間百無聊賴地看了監視器一眼。

然後他發現七十六號電腦前的青年一動不動地靠在椅背上，雙眼緊閉，看起來毫無知覺的樣子。

「睡著了嗎？」

他努力回憶了一下，繼而驚悚萬分地發現，這個人已經在座位上躺了半個下午，沒有一點動作！

「……不會出事了吧！」

腦海裡瞬間閃過一連串「大學生網咖猝死」、「沉迷網遊三十小時青年猝死」「網咖被迫整頓公安稱或可判刑」「家屬一怒之下橫屍千里怒滅網咖」等等亂七八糟的腦洞幻想。

網咖服務生猛地站了起來，丟下泡麵跑向七十六號電腦。

七十六號電腦前的青年當然就是黎楚。

本著作為半個軟體工程師的職業操守，他已經遮罩身體感知，努力編了三個小時的代碼。

直到被網咖服務生驚恐萬狀地搖醒。

「同志你沒事吧！你沒事吧沒事吧沒事吧！你別有事啊別有事啊別有事啊，你沒事吧沒事吧沒事吧！」

黎楚被按著肩膀前後來回晃了三十秒，終於找到網咖服務生狂亂問話中一點點間隙，插口道：「你……是複讀機……嗎？」

服務生：「……靠你沒死啊！」

黎楚誠實地說：「昨天剛死過，今天還沒有。」

服務生用難以理解的眼神看了黎楚一眼。

黎楚忽然吸了吸鼻子，道：「垃圾食物的香味……」

服務生頓時想起了自己泡到一半的泡麵，肚子跟著咕嚕了一聲。

說時遲那時快，福至心靈電光石火，黎楚頭上叮地冒出一個電燈泡。

他想到怎樣先吃頓飯了！

「這位兄弟你的網咖系統有一百六十八個漏洞三十二個嚴重漏洞電腦作業系統有七十三個可用後門其中一半電腦被人植入了木馬平均每隔三天會有一臺機子當機一個帳號被黑你知道嗎？」

「……」

服務生看著他，嘴巴像離了水的魚一樣開開合合，半晌後，大腦終於分析完了上面一長串話：「你說……啥？」

黎楚簡短有力地道：「請我吃飯。」

3

一小時後。

黎楚右手丟開餐具，將第四個空空如也的泡麵紙碗準確地投進半米外的垃圾桶，同時左手瞬間爆發出超神速度，帶著殘影在一片劈啪亂響中敲下了最後一個鍵。

「嘀——」

電腦重啟。全新出爐的網咖系統提示開始運行。

網咖服務生的下巴終於噹啷落地。

黎楚優雅地抽出紙巾，慢條斯理地抹嘴，沉靜道：「時間有限，我只填補了幾個主要的漏洞。」

服務生用膜拜的眼神看著他，發自內心地吶喊道：「大神教我！」

黎楚高貴地挑了挑眉毛，用漫不經心的口吻說道：「帶我回家，包吃包住，我就幫你做一個『鑽石豪華全球限量先發優勢八心八箭首儲禮包一般人我不告訴他』版本。」

服務生又當機了三秒鐘，決定跳過自己無法理解的部分：「大神我分你一半生活費，求！調！教！」

黎楚矜持地整理了一下衣服，挑剔道：「我要中午吃泡麵，晚上吃漢堡。」

「沒問題沒問題！漢堡保證吃到飽！」

「很好，契約達成。我是黎楚，你叫什麼？」

「我叫何思哲。」

何思哲覺得，眼前這位大神可能是開啟他前「二十年生涯碌碌無為但是偶遇高人一飛沖天」的主角範本的重要劇情人物……除了有點中二。

黎楚覺得，不用搶銀行了。（遺憾臉）

靈魂侵襲

黎楚又覺得，食物原來這麼好吃！食物原來這麼好吃！食物原來這麼好吃！

（重要的事要說三遍）

何思哲在這家網咖打工了半年，說好的八小時輪班制其實是朝五晚九天天上工，但看在薪水比一般網咖服務生多那麼三百塊，他也就摸摸鼻子繼續待了下來。

然而今天，何思哲自覺撿了個天大的機緣，便和老闆說了一聲提前下班。他隨手從抽屜裡掏出巧克力，拿給黎楚獻殷勤：「大哥，你吃！瑞典進口的！」

黎楚扒開包裝咬了一口，默默看向天空，克制住自己無比幸福且愜意的表情。

——神啊感謝你讓我有了感受味覺的能力！從前雖然知道這個味道，但是從來不覺得吃到好吃的東西是這麼開心的事啊！

於是何思哲和黎楚一前一後走出網咖，一致表情克制，心裡心花怒放。

路上經過速食店，何思哲買了八個口味不同的漢堡，拎在手裡，帶著跟在後面的黎楚等公車。

十分鐘後，黎楚充滿嫌惡地看著乘客擠得像沙丁魚罐頭且味道複雜得像生化武器的公車，懷疑地看了何思哲一眼。

何思哲承受著懷疑，感覺有點複雜。

公車司機看著兩人神色詭異一直盯著車不上，感覺也有點複雜。

滿車的沙丁魚又擠在一起艱難地動了動。

黎楚終於確定自己不可能接受這種交通工具了。

片刻後，車門一關，公車揚長而去。

何思哲放棄地嘆了口氣：「算了，叫計程車吧……」

又半小時後，何思哲領著黎楚走進了昏暗的公寓，對著黑漆漆的走道大喊了數聲：「啊！啊！啊！」

半晌，感應燈仍沒有亮起。

何思哲尷尬道：「呃，可能是燈又壞了……那個，電梯也在維修，大哥你和我……走上去吧。」

黎楚抬頭看了一眼，一股細微的風撩起他一縷瀏海，無聲地鑽入了頭頂的燈泡，又很快消失無蹤。他道：「是根本沒有通電。」

何思哲呵呵乾笑兩聲，開始爬樓梯。

一樓、兩樓、三樓……他住在八樓。

兩人氣喘吁吁，一人拎著漢堡一人拎著零食，半晌終於爬上樓。何思哲心想：要死要死要死，高人要是嫌棄我租的地方太糟糕，跑了怎麼辦？

黎楚心想：沒有最佳化過的爬樓梯程式……果然很累人。不過說起來這麼累的感覺也很新鮮呢，愉悅笑。

何思哲摸了半天鑰匙，終於打開門，衝進去把散落在沙發和茶几上的一堆外套和零食袋子掃到地上，同時踹上臥室門，才殷勤道：「大神你坐，坐，不用客氣。」

接著他就看黎楚斜了沙發一眼，勉為其難地坐上去，優雅地打開速食店的袋子，兩隻手指捏起一個漢堡，打開，開吃。

四十秒後，又一個，四十秒後，又一個……

「……」

何思哲看得快瘋了。

黎楚的動作充滿了機械感，完全以一模一樣的姿勢打開包裝，一模一樣的動作咬漢堡並嚼動然後吞咽，動作行雲流水，堪稱真正的流水線。

何思哲看了五分鐘，黎楚已經把漢堡解決完畢，開始進攻零食了。

沙發太小，何思哲蹲在一旁，看了半天，忽然開啟了一個可怕的腦洞：這位大神可以三個小時維持同樣的坐姿、左手寫程式右手同時吃泡麵還動作精準毫無錯漏、外星人一樣的胃部容量、充滿機械美的進食姿勢……

片刻。

黎楚吃完了半袋零食，滿足地摸了摸微微鼓起的腹部，感受到胃部不斷湧上來每一行都提醒著他「你吃太撐了」的資料和生物電資訊，滿意地瞇了瞇眼睛。

果然吃撐的感覺，也會帶來奇妙的情緒啊，愉悅笑。

何思哲縮在旁邊看著他，哆嗦了一會兒，小心翼翼地問道：「大神……你……是終結者嗎？」

黎楚正在隨手改寫身體內部代碼，讓自動流向胃部促進消化的血液量更合理一些，聞言，抬頭思考了兩秒鐘自己的能力是不是暴露了。

然後何思哲看著他若有所思的表情，立刻迅猛地抱頭大喊：「我明白了！我知錯了！我再也不會問這種問題了，大神你要做什麼任務就請自由地去做吧！」

「任務？」黎楚想了想，「把你的電腦給我。」

何思哲哆嗦嗦拿來自己的二手筆電，心裡被可怕的腦洞瘋狂洗頻：難道大神其實是天網派來毀滅人類的嗎沒錯他有這麼強悍的電腦技術肯定是先滅網路再毀 wifi 讓全世界人民沒法上網從而饑渴而死我的神啊太可怕了……

——讓我們回歸現實。

實際上。

黎楚是個很講信用的人。

他拿了何思哲的筆電後，開始編寫「鑽石豪華全球限量先發優勢八心八箭首儲禮包一般人我不告訴他」版本的網咖管理系統。

4

黎楚順手開機後，等了將近兩分鐘，才看到開始系統畫面慢吞吞地出現。

又等了十秒鐘，QQ自動上線，然後YY自動上線，再來是阿里旺旺自動上線，最後右下角彈出一個提示訊息說本次開機時間兩分鐘。

黎楚試圖點掉彈窗，未果，再試試，電腦當機了。

黎楚：「……」

他回頭看了何思哲一眼。

何思哲正趴在矮小的茶几上瘋狂地寫東西，口中念念有詞：「一桶泡麵四點五元，今天買了六個；一包巧克力十二元，吃了一半；八個漢堡……」

不知為何，黎楚覺得何思哲在念到「計程車坐掉了一百五十六元」時，表情相當慘不忍睹，就算抹上半碗血也毫無違和感。

見何思哲無暇顧及自己，黎楚調整坐姿，食指懶洋洋在破舊筆記型電腦的USB介面擱著。

兩秒後，電腦重新活了過來。

黎楚眼中隱隱泛出些許奇異的光芒，將他淡漠的深棕色瞳仁映照出些許琥珀般的色澤。

博伊德光，在人類視覺的光譜之外，卻能被輕易察覺的光芒；其顏色不在任何語言的描述中，只能冠以「異色」之稱。

在契約者使用能力時，才會在眼中透出這種光；一些特殊儀器，能夠檢測出契約者的精神內核中蘊含的博伊德光，以此找到契約者。

黎楚使用能力，快速地在筆電內部進行了徹底的掃描。

結論是：很好，比蜂巢還結構嚴謹、構造嚴密地容納了無數個病毒、木馬和漏洞。

於是黎楚直接對何思哲說道：「你養蠱嗎？」

何思哲茫然抬頭：「啊？」

黎楚：「你在電腦裡收集了這麼多病毒和木馬，是想讓他們像蠱一樣自相殘殺，然後找到最強的那個？說起來這是個有效的方式，你知道電腦病毒的原型就是一個讓軟體互相殘殺的電子遊戲，在多年的變遷中逐漸演變成了成熟的體系——」

何思哲淚流滿面道：「不，不是啊！大神！我電腦裡原來有病毒嗎?!」

黎楚：「……我明白了。」

即使以黎楚的能力，想要把安全的資料和病毒分隔開來，也需要好一會兒。

按照他身為契約者時直接暴力簡單有效的思考模式……重裝系統算了。

黎楚道：「你電腦裡有什麼重要的東西？」

何思哲想了想道：「沒什麼……啊等等，我畫到一半的原稿還在裡面！」

黎楚挑了挑眉，了然地從D槽裡找到一個資料夾，名字是「啊啊啊啊」——

順帶一提，D槽還有三個資料夾分別叫做「啊」、「啊啊」、「啊啊啊」，以及剩餘無數個用毫無意義的語助詞作為名稱的奇怪資料夾。

何思哲正想指出他的原稿在哪裡，結果湊過來一看，發現黎楚已經找到了，頓時用非常難以理解的眼神看了好一會兒，半晌後恍然大悟：他是終結者啊，這有什麼好奇怪的！

黎楚在用能力掃描時已經對這些資料夾了然於胸，只是沒有仔細查看內容，他隨手點開一張圖，發現是張畫到一半的插畫：一個長著動物耳朵的少女，臉色羞紅，全裸地躺在床上。

「啊啊啊啊啊啊啊——」何思哲發出難以想像的可怕噪音，同時爆發出超快速度將筆電合上，然後面對冷冷看著他的黎楚，面如土色瑟瑟發抖地解釋道：「大、大神，我可以解釋的……我我我……這個，插畫……它，這個……賺錢……比較……這個難……」

黎楚漠然看著他。

何思哲吞吞吐吐半天，終於放棄般地發出一聲有血有肉的哀號：「我——！窮——！啊——！」

黎楚道：「比我還窮？」

何思哲想了想，誠實地說：「你說得對，至少我還有錢吃飯。」

黎楚挑眉道：「其實，你窮和這幅畫有什麼聯繫嗎？」

何思哲破罐破摔道：「為了賺錢啊。我在網咖打工的這點錢連付房租都不夠，沒事的時候我就做點……別的生意。我沒什麼專長，自學插畫，結果滿地都是科班出身的插畫大神，畫出來的東西沒人收……可我總得吃飯，只能接點……接點不太……那個啥的單子，好歹也有幾百塊收入。」

黎楚陷入了沉思。

何思哲戰戰兢兢道：「大神，不然我不幹這活了，你……你要是看不慣，我還有別的案子，就是……就是可能不能每天請你吃漢堡了。」

黎楚思考了一會兒，認真地、誠摯地問道：「你說的是真的？」

何思哲：「啊？哪一句？」

黎楚：「畫賣出去，能賺錢？」

何思哲：「……能啊。」不是啊重點在哪裡啊大神！虧我忐忑地解釋了半天你到底在關注什麼問題啊！

黎楚若有所思地看著何思哲手中的電腦，半晌道：「這個，簡單。」

半小時後。

黎楚睜開眼睛。

何思哲正打掃房間，見他終於動了，連忙飛奔過來，膽戰心驚道：「大神你剛才怎麼了？難道是能量不足每隔一段時間就要休眠嗎？」

黎楚莫名其妙地看了他一眼。

何思哲忽然面色灰白：完了完了把心裡話說出來了！我發現了他的身分他會殺我滅口嗎！

黎楚搬過電腦，剛把食指放上USB介面，忽然意識到了何思哲的存在，便斜了他一眼。

何思哲無師自通，立刻從那眼神中明悟到「寡人政事繁忙，雜碎速滾」的訊息，馬上如釋重負，雙手抱頭，滾進狹小的臥室整理床鋪。

黎楚閉上眼，啟動能力，和破筆電正式進行對接。

他剛才所花的半小時時間，正是在重寫一段雖然簡短但非常重要的代碼。這段代碼的目的是讓他將意識和筆電進行對接，從而直接以意識控制電腦。

他固然能使用能力改動硬碟中的資料，然而僅限於簡單指令，對複雜指令，尤其是成千上百的指令而言，使用電腦內部的操作流程反而會減少他自身的大腦計算量。

至於成千上百的指令具體指什麼，當然是，畫！插！畫！

能賺錢啊！有錢才能吃東西啊！

都流落到沒錢吃飯靠這麼可憐的小朋友包養的分上了，什麼契約者的自尊統統去死吧去死吧！哈哈哈哈一幅插畫就算三百塊也可以買到很多好吃的東西啊！

食物居然這麼美味，以後賺的錢必須把世界上各種美食都買來嘗嘗看哈哈哈哈！

黎楚勾起嘴角，邪魅一笑。

搭上食指，眼內光芒連閃，他打開電腦最簡單的畫圖程式，進行了一項人類足以載入史冊並註定前無古人後無來者驚天地泣鬼神的壯舉！

他，以像素為單位，開始繪畫了！

5

像素是什麼，這個問題大概每個有手機的人都能說出個一二，換句話說就是大家都知道。

現在的手機相機沒有個幾百萬像素都不好意思說品牌名字。基本上每張正常照片那麼大的圖片，都有上百萬的像素。

簡單來說，電子圖片最小單位就是像素，上百萬個像素整齊地排列在一起，每個像素填充一個顏色，組合在一起就成了一張圖片。

可以想像，打開畫圖，把白紙平均分成四塊，每塊一個顏色，就是一張簡單的圖了。如果平均分成一萬塊，每塊都根據一張真實的照片填上對應位置的模糊顏色，就是一張超級粗糙的電子照片。

而如果分成一千萬塊——對的沒錯，那就是高解析度版本。

黎楚在做的是什麼呢？

那就是先在電腦上弄張白紙，造出了八百萬個白色像素，然後在腦內想像一張圖片，無限將其清晰化細節化，直到清晰到八百萬像素的級別，並將每一個像素的顏色資訊存在自己腦海內。

這對某人資料化過的記憶存儲區來說易如反掌，藉由一段簡單編寫的記憶腦細胞應用代碼，他擁有大約四千四百萬位元大小的相片級速記能力。

再然後，對應每一個像素的顏色，將其轉化為電腦上的十六進位顏色編號，將每個像素的位置資訊和顏色組合成一個資料流程，轉入真實電腦的白紙中。

構造出八百萬個資料流程以後，就可以成圖。

可以想見，這種工作，集人類的極限想像力、創造力和超級電腦級別的計算、傳輸能力為一體，簡直是酷炫狂跩屌炸天，驚呆全人類！

十分鐘後。

靈魂侵襲

不斷運轉發出雜訊的電腦風扇驟然一歇，螢幕上瘋狂亂舞一排排刷新的資料重新隱藏起來，而後畫圖面板裡則顯示出了畫面一角，以及長長的下拉條。

黎楚懶洋洋睜開眼睛，將圖片保存在桌面，然後通過另一款軟體打開欣賞了一眼全貌。

簡短地說，他畫了張美人魚。

複雜點描述吧。

畫面背景是銀藍色浩瀚天空，遠星如碎鑽一般層層疊疊，銀河流瀉而下的光暈彷彿飛濺入海面，漾出無限星光，如月暈一般披散開來。

天堂般的勝景中，可見一抹宛若遊龍的身影在水與星之間驚鴻一現，完美無瑕的側顏在光暈中氤氳如幻夢，緊閉的雙目下一顆淺藍色淚痣折射出熹微光澤，而那長髮如流霞，遮蓋半邊婀娜身影，唯餘下一條金色長尾，魚鱗細密鋪墊出鎏金溢彩，在水中搖曳出動人波痕，那若有似無的尾鰭隱沒於底部深海中，恰是世界深處曇花一現的神祕美神。

以上。

描述完了，接著說真相。

這隻人魚其實有其原型，畢竟黎楚只用幾分鐘時間憑空想像一張唯美CG圖，相較而言還是找個原型美化一下比較簡單。

人魚的原型呢，毫無疑問是個契約者。

他的能力是控制特有的奈米元素，這些元素來源完全依靠他自身身體，因此他最常使用能力的方法就是直接把自己的身體變成某種樣子——然後，理所當然，在某次執行海上任務時，他把下半身奈米化變成了人魚的形狀。

順便說一句，他還有一種很愛使用的方法，是把同樣的奈米元素變成美味可口的食物，比如生魚片，當敵人快樂地吃了生魚片，他就能從內部控制這些奈米元素，把敵人的五臟六腑也切成片。

哦，對，「他」。這是個男人。

黎楚稍微考慮了一下，非常睿智地明白了，美女魚的插圖比美男魚更能賣出好的價錢，所以就改成了女性人魚角色。

歷時十二分鐘（包括發呆和欣賞圖片），黎楚幹完活，懶洋洋收了異能，拎著筆記型電腦去臥室找何思哲。

何思哲原本在整理臥室，大概是整理一半想到了什麼，這會兒躲在角落打電話。

黎楚走近，聽到何思哲對著電話那頭說：「哎哎，是的……不好意思，我真的不幹這個了，我家裡有事，嗯……謝謝您這麼久的照顧，以後有機會我再做插畫吧。」

黎楚停下腳步，一種奇怪的感覺令他莫名地站在門外，靜默聽著何思哲打電話。

何思哲：「沒有，我哪敢……我就是真的不做插畫了，我不是那個料……哎哎，我準備去打個工，反正晚上十點的時間空出來了嘛……」

電話那頭似乎說了很長一段話。

何思哲低聲道：「我真的……我找了個新師父，人家很厲害，答應教我點東西了……真的，沒事，我知道這個是真的厲害……我……反正我也沒錢，人家幹嘛騙我……吳叔，我真的想學點什麼，就算有一千個壞人騙了我，下一個說不定就是好人呢。」

絮絮叨叨說了許久，何思哲掛斷電話，安靜地站了片刻，又開始打掃房間了。

他租的屋子只有一室一廳，狹窄的空間堆滿生活用品和衣物，幾乎沒有能通行的路。為了幫黎楚整理出睡覺的小床，他不得不將部分衣物塞近角落裡。

黎楚站在室外聽了一會兒。

這是他第一次接觸到一個平凡人的世界。

這個人庸庸碌碌、汲汲營營，整天操心柴米油鹽，每天都在燃燒生命，但拚命達成的都是一些對別人而言輕而易舉的目標。

然後還要隨便相信陌生人，把一個契約者帶回家。

契約者，和他處在世界兩極的存在。

靈魂侵襲

一天以前，黎楚就是個契約者。他隨心所欲，翻雲覆雨，從不會為自己想要的以外任何東西多費一點點精力；他雖有感知，卻沒有情緒，殺人、毀滅、與其他契約者殊死搏鬥，以及研究殺人技巧，是他的全部生活。

他擁有的資料操縱能力，嚴格來說並非絕佳的戰鬥異能，但身為契約者，他的能力完全用以改造身體，成為更適合的殺戮機器；或進行精密研究，分析資料精進殺人技巧；或入侵網路，竊取敵人情報；或災難性地毀滅整片地區的電子設備。

這都是他的拿手好戲，也為他在伊卡洛斯基地博得了不可動搖的地位。

直到……此時、此地。

黎楚看著手中的電腦，挑眉笑了起來。

原來這是他有生以來第一次，只為了進行純粹的藝術創作，使用能力。

6

何思哲費了半天勁，終於勉強將床收拾了出來，累得半死不活，垂著腦袋跑出來。

結果看見黎楚躺在沙發上，雙目緊閉，筆電隨手放在一邊。

何思哲不確定黎楚到底是睡著了，還是像前幾次一樣神祕地「神遊天外」，不由得屏氣凝神，低聲叫了兩句：「大神……黎大神？」

黎楚不答。

何思哲輕手輕腳靠近，摸走筆電坐到角落，準備開始今天的第三份工作。

剛打開電腦，便發現桌面煥然一新，堆了半個螢幕的東西完全不見了，除了我的電腦、資源回收桶和ＩＥ瀏覽器，桌面上只有一張ＪＰＧ格式的圖片，名字是「啊」。

何思哲心情複雜地想：不是吧，大神重裝了系統，這麼點時間裡還有空畫圖？不，這應該只是底稿。但是話說回來，這個圖檔的名字……該不會是我帶壞他了吧？

何思哲盯著這個「啊」字，心內天人交戰了半天，終於下定決心不去窺看大神底稿，正要合上電腦時，忽然聽見黎楚懶洋洋道：「畫你看看吧，隨便賣個兩百塊，再幫我買兩塊巧克力。」

何思哲嚇了一跳，回頭去看黎楚，卻見他依然老神在在地閉著眼睛，一副懶得理人的樣子。

盯了好一會兒，何思哲才敢確定他的意思，便帶著無限的好奇心點開了那張圖。

下一秒，一尾如有生命的人魚映入眼簾，剎那間何思哲以為眼前切實地出現了人魚出水，嚇得下意識向後一仰，腦袋撞到旁邊櫃子，又從櫃子上抖落數個亂七八糟的物品，接著發生連鎖反應，整個房間都是鏗鏘亂響的聲音。

閉目寫人體代碼的黎楚睜開眼睛瞥了一下，見房間像是經歷了一次大掃蕩般的地獄場景，決定眼不見心不煩，徹底懶得管了。

何思哲後腦勺撞出一個包來，但恍然未覺，目不轉睛地盯著眼前的螢幕，從上到下又看了一遍。他右手握拳，慢動作張大嘴，狠狠咬了一口自己的拳頭，壓抑住一聲綿長的喊聲：「嗚哇啊啊啊啊啊啊——」

黎楚再次被打擾，索性起身進臥室，兩眼閉著就往床上撲。過了一會兒，從床上抽出戳到他的毛線針，隨手丟了，繼續面朝下神遊天外。

何思哲頭暈目眩快要瘋掉，忍不住盯著人魚看了又看，覺得魂魄都快要被吸走，半天才勉強把自己的眼睛裝回去，壓抑著渾身沸騰的感覺在外面來回轉了幾十圈，興奮地闖進臥室道：「大神大神大神！你的畫超超超超超棒的！真的超級超級超級超級——」

黎楚忍無可忍，從枕頭裡拔出腦袋，按捺住打死這個人的衝動，打斷道：「你又變成複讀機了嗎！給你三十秒說人話！」

何思哲雙手捧心，兩眼裡冒著愛心，臉上滿是足以噁心死人的崇拜之情：「大神我們把這畫裱一下，問故宮博物館收不收吧！或者去問問倫敦博物館！要不然我們開一場拍賣大會好不好！」

「隨便。」黎楚簡短有力地說，「有錢就可以。」

何思哲艱難地咽了咽口水，終於找回一點正常人類的感覺，道：「大神！我知道最近網路上在舉辦一個很有名的CG插畫大賽！第一名好像有上萬的獎金，公司還會出錢買版權，不如我們就去投稿吧！」

「隨便。」黎楚再次道，他趴在床上，脖子轉動一百二十度看著何思哲，眼神裡充滿了「還不滾就滅了你」的氣息。

然而何思哲正在神奇的狀態中，再次冒出夢幻氣息，飄飄然地走出了臥室，直朝著筆記型電腦而去。

幾分鐘後，何思哲找到了插畫比賽的官網，看到首頁上果然掛著第十一期C

G插畫大賽的消息。他興沖沖地想報名，然而在填寫畫師個人資訊的時候遇到了難題。

何思哲看了看臥室，小心翼翼地問道：「黎大神……你身分證字號是多少啊？還有你有沒有手機或郵箱什麼的，讓官方聯繫你的管道？」

房裡寂靜無聲。

他又問了兩聲，都沒得到回應。

過了一會兒，何思哲腦洞自動打開了：對了大神可是終結者也就是說他在現代社會是沒有身分證的幽靈人口啊那他剛才沒有回覆我肯定是讓我自己想辦法嘛這可是大神給我的第一個考驗我一定要好好完成讓大神對我刮目相看。

何思哲對著網頁發了一會兒呆，在填畫師名字時發揮了他充滿個人特色的取名能力，填寫了——二何。

順帶說一句，他的筆名是「大河」。

劈里啪啦填上自己的身分證字號，和手機號碼，其他可以不填的資訊統統不填，性別欄勾上「保密」。

搞定。

何思哲快樂地哼著歌，提交註冊，又去點開那張美人魚的畫，笑咪咪發了半天花痴，終於把它上傳到大賽官網，然後絞盡腦汁，再次充分發揮了高超絕倫的取名能力，將這幅畫命名為——「無題」。

兩分鐘後，網頁提示上傳完成，畫作已經發到了大賽官網，將會由編輯和審核人員先行挑選，然後挑出最優秀的三十幅畫作，交由大眾投票選出前十名。

前十名的獎勵有一千元，而第一名的獎勵則足足有三萬五千！就算是扣了稅，也能拿到兩萬多。

何思哲一想到這個充滿光明的未來，不由得振奮不已。

接著他終於想到了今天的工作，在客廳裡找了半天都沒找到自己的毛線針，只得去做另一項工作，在網上各個論壇到處貼廣告訊息，賺點水軍的辛苦費。

當天夜裡。

何思哲夢到自己拿到了三萬獎金，然後幫黎楚辦了身分證，又去幫他開戶，然後又去幫他買N套衣服，然後又幫黎楚賣了好多好多的插畫，自己混到了月薪三千，還可以跟著黎楚學程式設計……

黎楚則寫人體代碼寫著寫著睡著了。

而某公司夜半忽然亮起了燈，數人打開手機收到一張圖片後，再也無心睡眠。

凌晨四時左右，插畫比賽官網上掛著的藝術大賽頁面臨時換了背景，變成了背景為星空的半張CG圖，一道人影若隱若現卻沒有放出全貌，而圖下碩大地貼出新的文字——**尋找民間插畫宗師，是誰親手打造美神？**

底下一行浮水印，清晰地打著「二何」。

7

第二天凌晨三點半，何思哲起床了，忙碌半天，四點半又急匆匆去上班。

一直到早上九點，黎楚才起來。

他迷茫地看著狹小的房間，忽然想起來自己現在是個流浪的共生者——這個身分實在很新鮮，從沒聽說過有誰放任共生者到處跑的。

黎楚懶洋洋走出臥室，見到茶几上放了牙刷、牙膏、杯子和毛巾，想來是何思哲凌晨起來去買的，也不知道哪家店這麼早開了門。桌上還有早餐，考慮到黎楚的食量，何思哲幾乎每種食物都來了一份。

黎楚找了半天，想起那櫃子大小的洗手間在哪了，便乾脆打開窗，對著室外的景色刷刷牙，坐回沙發上吃早餐。

一邊吃著早餐，黎楚一邊整理了昨天奮鬥出來的人體代碼。

大致上，他昨天編寫了以下幾個功能：四千四百萬位元大小的相片級記憶力、初步的忽略身體各區域痛覺神經的能力、將腦內資料轉化為系統指令流的能力、初步的完全控制手指肌肉的能力，以及一兩段無關痛癢的臨時代碼。

簡單來說，就是小型的「過目不忘」、「忽視部分痛覺」、「連接電腦」、「控制手指」能力。

……「快速吃漢堡」不算能力。

一般來說，控制自身身體的代碼算是比較容易的，因為人的大腦中總是會自動生成一些代碼：例如說呼吸、消化等等基本的動作，對人體來說這都是最基礎的本能，這種本能對黎楚而言就是人體自動擁有的代碼，只要善於運用，寫出控制身體的小程式就是很容易的事情。

反而是與電腦連接，因為他原本的代碼丟失，計算中心也改成了筆記型電腦，作業系統也換成了民用的，熟悉的「介面」都無法使用，只得花大量時間去

——完善。

黎楚總結了一下未來要寫的代碼。

……頓時覺得暗無天日。

胸口悶悶的呢。

愉悅笑。

黎楚坐了片刻，打開電腦搜索伊卡洛斯基地的情況。

依然沒有動靜。

黎楚在何思哲僅有幾件放在乾淨處的衣服裡隨便挑了挑，找了件寬大的T恤套上，對他而言倒是差不多大小，片刻後他忽然想到什麼，從褲子口袋裡掏出那塊代表著共生者身分的狗牌。

訊號發射器還開著，看電量至少能堅持一個月。黎楚看了看，隨後微微一握，一股資料流程湧入其中，將訊號發射器徹底破壞，又偽造了一個訊號源，直接把發送地點定成馬里亞納海溝。

他隨手一拋，將狗牌筆直丟進了垃圾桶。

既然已經不是契約者，就乾脆地告別那個江湖吧。

黎楚百無聊賴地逛了一會兒網路，順便找到不少能夠賺錢又符合他目前情況的工作。

技術含量較低的工作被他直接無視了，比如資料、文字輸入的工作。雖然他可以做到一分鐘上千字毫無壓力，然而這種工作註定沒有上升空間，也是對他能力和時間的一種浪費。

其他倒是有些如ＣＧ插畫，或影片及音訊製作、平面廣告等設計、軟體發展、遊戲測試等等技術含量稍高的工作。

黎楚稍微瞭解了一下，只要發現何思哲有條件嘗試的工作，統統都試著做過。

這些東西對常人來說，有些易學、有些難懂，但都難以精通。而對黎楚來說，頂多就是多花兩天時間的事情。

契約者沒有煩躁、厭惡等種種情緒，因此他們能夠一天二十四小時進行枯燥的工作學習——或者一週七天，或者一年三百六十五天，反正不以為苦。

更何況以黎楚的能力，學習任何電子設備上的東西，完全是信手拈來。

想到這裡，他不知為何回想起何思哲看到那幅人魚時有趣的震驚臉。

黎楚抬起手輕輕觸在自己唇上，發現了一個微小的弧度，於是在晨光中繼續微笑了一會兒，半合上眼，感受到一種由衷的喜悅。

雖然一直活著，從前卻沒有感受過的，活著的喜悅。

何思哲太笨了，黎楚心想，我先教他繪圖軟體算了。

這一天溫度適宜，陽光頗好。

午休時，黎楚被一陣慌忙的敲門聲驚醒，懶洋洋去開了門，就見到何思哲氣喘吁吁拎著兩個袋子，尷尬地望進來，臉上卻帶著難掩的興奮。

黎楚伸出手。

何思哲道：「不不不大神我拎著就可以了！怎麼好勞煩你！我有個消

息——」

「我沒有想幫你拿食物。」黎楚氣定神閒地說，「但我知道右邊那個袋子是我的食物。我只是想拿那個。」

「……」何思哲把袋子遞給黎楚。

黎楚接過袋子轉身就走了，又坐回沙發上，翹起長腿，悠閒地檢視自己的午餐。見到有兩個無敵大漢堡，他滿意地點點頭。

何思哲自己收拾了一下進門，用充滿了夢幻的聲音說：「大神今天插畫比賽的公司打電話給我，說他們想要認識插畫家『二何』！他們願意收購那幅人魚的畫，你知道他們開多少價碼嗎！」

黎楚已經解決了第二個漢堡，開始思考下一個吃什麼。

何思哲深深吸了一口氣，瞪圓雙眼吼道：「兩萬！」

黎楚好奇地從袋子裡拿出一包番茄醬。

何思哲怒吼道：「兩萬！是兩萬不是兩百啊！一百倍的價格啊啊啊！還不包

括比賽獎金！大神你有在聽嗎！」

黎楚打開番茄醬聞了聞，咂了一口，然後睜大了眼睛。

何思哲差一點衝上去搖著他的肩膀不斷吶喊「你聽見了沒有聽見了沒有兩萬啊」，但千辛萬苦地忍耐住了，然後用顫音問道：「大神！你難道沒有什麼想說的嗎？」

黎楚嗯了一聲，然後問道：「這個番茄醬……還有嗎？」

何思哲徹底無力，半晌後帶著殘念的表情道：「沒了，這個是薯條附贈的。」

「哦。」黎楚遺憾地說。

「不大神你難道沒有別的想說嗎……插畫比賽的編輯早上八點就打電話給我，要不是怕吵到『二何』，人家說不定半夜就來電了！編輯和我爭取了半天就是想見你啊！要不是大神你沒有電話我早就告訴你了，也不用等到午休才一路跑回來告訴你這個消息……你給點反應好不好嗚嗚嗚？」

黎楚小口品嘗著速食店免費送的番茄醬，臉上露出疑似幸福的表情。

過了一會兒，何思哲頭頂叮一聲冒出一個燈泡。

「大神你知道嗎，這個番茄醬有單賣哦，一包一塊錢，你那幅畫賣出了兩萬包番茄醬！」

黎楚想了想，慢慢地抬起頭。

何思哲期待地看著他。

黎楚道：「兩萬包，有優惠嗎？」

8

何思哲充滿絕望地發現，他家裡住著的高貴冷豔的大神，居然被速食店免費送的番茄醬勾引住了。

「大神能不能拜託你不要把垃圾留在桌上，丟垃圾桶裡行嗎？」

「十包。」

「……成交。」

……

「大神你是不是考慮一下繼續畫圖啊，編輯說同樣水準的畫，可以照類似的價格收。」

「一幅兩千包。」

「……我會跟編輯說兩千塊的，你要番茄醬我再買還不行嗎！」

……

「大神你……什麼時候教我畫圖啊？一招半式就好了！或者我就在旁邊看你畫，保證不會吵到你的！」

「每個月……兩包。」

「大神……」

「不要用那種噁心的眼神看我，員工價而已。」

在家裡用番茄醬作為貨幣單位的後果就是……何思哲做夢時夢到自己賺了很多錢，然後背景變成了紅色番茄醬不斷從天而降，到處飄落，簡直醉了。

然後早上去買早餐時，還脫口而出：「豆漿多少包番茄醬？」

賣早點的阿姨愣了半晌，試探著道：「我們這有番茄醬但是……我幫你加一點進豆漿裡？」

何思哲：「……」殺了我吧。

慘不忍睹。

何思哲把早餐放在桌上，見黎楚還在睡，只得先整理了房間，拎著兩大包垃圾袋出門。

丟垃圾時，何思哲見到袋子中有金屬的閃光，好奇地多看了一眼，見到一塊從未見過的金屬牌子。

「這個是大神的嗎？」何思哲取出牌子，見到上面精美地刻著一行「255-65535-K」。他猶豫片刻，還是把金屬牌放進了口袋裡。

這天黎楚起來以後，思考了一下自己的番茄醬儲量（也就是何思哲目前欠了多少），然後決定再隨手畫一幅，轉手賣掉。

於是他順便上了一下網站，看看之前那一幅大名叫「無題」的美人魚畫底下的評論，以確定下一幅的題材。

插畫比賽已經進入了決賽階段，官網頁面掛出了編輯挑選的三十幅作品，開放網友票選。

作品排名不分先後，根據首字母來排序。

畫家「二何」的「無題」因為首字母的關係，在倒數第四個，一般來講要翻到最後才能看見，但底下的票數已經呈現出了紫紅色的「六一一二三」票。

黎楚不知道這樣的成績如何，但左右看看，其他畫最多的有上萬票，而少的則是寥寥兩、三位數。

官網雖然沒有開放評論，但底下有一個連結，表示在微博開啟了專屬話題。

黎楚隨手點進去，見插畫大賽的話題熱度不高，但底下評論卻十有八九帶著另一個標籤：神級人魚插畫。

#神級人魚插畫#

天啊啊啊啊人魚太美膩了！太美膩太美膩了！看得心臟快要停擺了啊啊啊！點開看大圖，想要原圖自己去官網！

底下附圖就是「無題」的縮小版，角落裡帶著「二何」的浮水印。

黎楚看了一下評論，又點進了「神級人魚插畫」的話題，結果進去一看，熱度是插畫比賽的幾十倍，底下評論清一色在嗷嗷狂叫。

#神級插畫人魚#

這特麼不是CG啊不是畫啊！這特麼才是藝術啊！哭瞎惹為什麼世界上有這麼棒的插畫師！簡直是神之一手嘛！

#神級人魚插畫#

神祕插畫師爆紅網路！處女作「無題」驚豔世人！叫獸乖乖為您講解神作背後的技術，詳情點擊長微博。

#神級人魚插畫##插畫師大人求嫁##閃瞎狗眼#

跪求插畫師大大把霧氣給去掉！讓我們跪著看一眼美人魚的臉吧！冰天雪地彈吉他空中轉體三百六十度求大大出超高解析度版本！

黎楚看了一會兒，覺得這些評論沒有什麼值得參考的資訊，便刷新了一下，準備關掉了。

結果刷新後，發現這個話題的熱度又往上飆升了一半，照這個速度，很快就會登上微博熱門榜首了。

黎楚難以理解，欣賞插畫為什麼會眼睛又瞎又懷孕，為什麼還要流口水和跪著看？為什麼還要把「這個月的膝蓋」送出來，難道他們可以每個月長出一個膝蓋嗎？

普通人類終於進化到契約者完全不懂的境界了嗎？

黎楚試著註冊「二何」的微博，被占了。

「插畫家二何」，被占。

「我是二何」，被占。

「我才是二何」，被占。

「我是真的二何」，被占。

「二何是我」，被占。

「插畫家二何呵呵呵呵呵呵呵呵呵呵」。

被占。

黎楚：「……」

算了吧。

結果他在微博上逛了半天，除了被汙染了滿腦子的「啊啊啊啊」以外，沒得到任何有用的參考資訊，終於決定還是找個原型隨便畫好了。

黎楚在屋內走了一圈，發現除非他畫一幅「論十平米地如何讓人走一百米才能出門」，否則沒有值得作為原型的東西。

他走到窗前，看了一眼外面的風景，基本上全被對面的高樓擋住了，連陽光都只有傍晚才能斜著射入屋內。

但遠處一棟公寓的屋頂上裂了一條小縫隙，裡面長出了一棵小草。

這感覺很新鮮，黎楚從前從未注意過這麼小的事物，但不知為何心中微微一動，便調動記憶細胞，將這棵迎風搖擺的小草記憶了下來。

只是畫這麼一棵小草給誰看呢？

有人會對一個普通、卑微、拚盡全力也只能做到活著的小生命感興趣嗎？

與此同時，何思哲好奇地觀察著桌上的金屬名牌。

他花費了整個下午，把這個結構精巧的東西拆開了，裡面的元件儼然是ＩＣ晶片，但不知道功能是什麼，因為好像內部有一個關鍵節點被燒掉了。

何思哲猶豫了一會兒，心中覺得這個東西應該很貴重，決定自己觀察一下，修修看。

如果修好了，也許黎楚大神會很高興。

也許會笑。

他很少笑，但是……

9

那天夜裡，何思哲遲遲沒有回來。

黎楚感到饑餓，他已經有兩天沒有嘗到這個感覺了。

何思哲為什麼沒有回來？如果沒什麼事，他一定會帶著晚飯回來巴結大神。

但他又能有什麼事呢，這樣一個本分、平凡的小市民……

黎楚看了看天色，遠方一片鮮紅的豔色，潑墨一般沾染了半面天空。

他從凌亂的雜物中抽出一把削水果的小刀。

刀不過十公分，刀刃很鈍，黎楚輕輕卸下刀柄，取而代之綁上紙巾，繼而將刀緩緩彎出一點點弧度。

他將刀慢條斯理地塞進袖口，帶上鑰匙，走出了門。

來到網咖，吧檯前坐著陌生的女人。

詢問何思哲的下落，她回答道：「哦，思哲啊，剛才有人找他，他們出去了。」

黎楚問：「去了哪裡？」

女人道：「不知道，我沒問。」

她將視線轉回電腦螢幕，顯然不感興趣。

黎楚離開網咖，垂下視線，背靠著大門，低頭抽出一根煙，但並不點燃。他做出抽煙的姿勢，將手指輕輕放在裸露在外的電線上。

博伊德光在黎楚的睫毛下一閃而逝，無形的資料從指尖奔湧而出，隨著錯綜複雜的電路蔓延出去，侵入這間網咖的每一個監視器，再來是這條街道上的監視器……

幾分鐘後，他慢條斯理地取下完整的香煙，丟進垃圾桶，然後邁步朝巷弄深處走去。

天已經徹底暗了下來，街燈還沒有亮起。

黎楚走進沒有監視器的小巷深處，他聽到三個人的呼吸聲，其中一個已然奄奄一息。

兩個男人在用英語說話。

「安德魯，停下吧，他快死了。」

「離死還有一會兒呢！呸，我第一次碰到骨頭這麼硬的人類。」

「他身上還有骨頭嗎？安德魯，你再繼續下去，他連想說話都沒辦法。你別忘了，我們不是來殺這個人類，是來尋找共生者的線索。」

「他死活不說，你想怎麼辦？他身上不影響說話的骨頭我已經都震完了，繼續搞內臟嗎？一不小心就死了啊，呸，人類真難伺候。」

「算了……也許他只是正好撿到了狗牌。」

「然後還正好破壞了定位系統嗎？要不是馬可看到他拿著狗牌，說不定就錯過了！這個人類肯定知道那傢伙在哪，他不肯說話，我們又要找半天，到時候

King怪我們辦事太慢，你來擔責任？」

「安德魯……King沒有那麼在意共生者。」

「你說了算啊？誰不在意自己的共生者到處亂跑？King雖然很強……」

「……算了。」

話題似乎告一個段落，黎楚聽出了其中一人的聲音。

莫風。

在進入這具共生者的軀體之前，黎楚是被莫風「殺死」的。

這是一個背叛者、謀殺者。

黎楚慢慢收回能力，周遭的一切變回司空見慣的景色，無形的資料再次隱沒在夜色中。

黎楚雙手插在褲子口袋中，不緊不慢地走了過去。

站著的兩個男人齊齊聽到了他的腳步聲。

雙方都沒有輕舉妄動，直到他們終於互相出現在對方的視野中。

黎楚見到那個名叫安德魯的男人，他是個黑人，頭上戴著龐克風的帽子，但依然可見眼中一直泛著博伊德光。他一直在使用能力。

而莫風則別來無恙，依然是斯斯文文的模樣，戴著細框眼鏡，風衣口袋中放著一把手槍。

黎楚見到了何思哲，他面朝下趴在地上，雙腿扭成了人類絕對無法辦到的模樣，裸露在外的右手臂上的皮膚顯現出可怕的深紫色。深褐色的血液浸透了整件衣服，又在乾涸後將外套凝結成了半硬的殼。

與此同時，安德魯和莫風也在打量黎楚。

黎楚蹲下身，輕輕將手背放在地上的何思哲臉前，感受到雜亂而微弱的呼吸。

他維持著這個姿勢，替何思哲擦了擦臉，又道：「你們在找我？」

莫風瞇起眼，似乎有些詫異。

而安德魯則直接地呵呵笑了起來，大聲說道：「不錯啊，共生者，你居然自

己找來了！走吧，和我們回去。」繼而收起了他的能力。

地上的何思哲猛然虛弱地咳了一聲，如同溺水的人一般發出了痛苦的嘶聲。鮮血再次從他的耳朵、鼻孔中漫溢出來，黎楚怎麼也無法擦拭乾淨。

黎楚道：「我和你們回去，但給我一點時間。」

安德魯居高臨下地看著他，傲慢地說：「你以為我在問你意見？」

他伸出手，想抓住黎楚的手臂，但被莫風阻擋了。

「我們不急於這一會兒，讓他……讓他們告個別。」

安德魯揮開他的手，輕蔑道：「人類就是這麼麻煩！我給你們三十秒。」

莫風動作一頓，還是忍了下來。

這些契約者，沒一個看得起正常人類，身為沒有感情的殺戮機器，當然也不能明白生離死別的瞬間意味著什麼。

黎楚依然半蹲在地上，無視他們的對話。

何思哲全身兩百塊骨頭已經碎裂，碎塊刺入全身的肌肉、內臟中，甚至從內部穿刺出皮膚，暴露在空氣中。臟器全部受損，回天乏術。

為了不影響他說話，他的脖頸以上的部位卻是完好的。

他彷彿感受到了什麼，嗆咳了片刻後，將血液咽回口中，顫抖地啞聲呼喚道：「黎楚……大神……黎大哥……」

「是我。」黎楚說，「我來接你回家。」

何思哲雙眼渾濁，呼吸聲如同老舊的風箱，艱難地說：「好……疼……」

黎楚將手貼在他的額頭，道：「忍一忍，很快就好了。我不能移動你，你的骨頭和內臟都無法承受。」

何思哲喉中發出了呵呵的聲音，過了好一會兒，才吐出一句話：「黎……大哥……我怎麼……忽然就……要死……了……」

為什麼和那些故事差別這麼大，還沒有開始屬於自己的情節，還沒能等待生活慢慢改善，連道別都沒有時間準備，忽然……就要死了……

黎楚不答。

片刻後，何思哲眼角慢慢淌出一行帶著血色的眼淚，他動了動唇，問道：「我沒有……出賣你……黎……我們……是正義的……那一邊……嗎？」

「正義」這個詞，從未出現在黎楚的字典裡。他不知如何作答。

何思哲又緩慢地說：「都給你……電腦和……都送你。黎……大哥，我的……畫……能不能……別……刪……」

他艱難地扯了扯嘴角，像是還想說什麼，但黏稠的血液從裡面流淌出來，堵塞了他的咽喉。

黎楚低下頭，聽他最後發出的微弱氣音。

何思哲說：「我……相信……你。黎大哥……是……正、義的……終結者。」

10

黎楚合上何思哲的雙眼，站起身，擦了擦手上殘餘的黏稠血液。片刻後，他道：「走吧。」

安德魯百無聊賴地踹了何思哲的屍體一腳，見血液浸沒了地板，神經質地呵呵笑了一會兒，從口袋裡掏出耳機戴上，邊哼唱著邊往前走去：「喂，莫風，剩下交給你了。」

莫風無奈地搖了搖頭，但沒有什麼表示。他從風衣中取出一個黑色的小盒子，從中拿出一支針劑，對黎楚說：「按照規矩來，右手給我。」

黎楚伸出手，見到莫風將注射器刺進自己的血管裡，緩慢注入針劑。

他認得這個，是用來抑制情緒的東西，也可以用來對付精神病人。

這種針劑主要成分是理思必妥，對共生者有效，但對契約者無效——因為契約者本身就沒有情緒波動——所以常年用來捕捉共生者，防止他們因為各種情緒作出抵抗。無謂的抵抗會讓他們自己受傷，也就會讓他們的契約者受傷。

只是沒想到這個東西還會用在自己身上。

黎楚溫順地等待注射完畢。

也許是他的表現太乖順，莫風放下了一些戒心，示意道：「走吧，跟著安德魯。」

莫風將注射器隨手一丟。

黎楚轉過身，右腳極其自然地在注射器上輕輕一踩，注射器彈起來，他閃電般伸手一探，將之緊緊握在手中。

莫風並未覺察，只將黑色盒子再次收回風衣內。

黎楚邁步走在安德魯身後，莫風身前，而安德魯正搖頭晃腦地聽著歌，根本沒有回頭看。

黎楚雙眼之中再次浮現博伊德光。

他的思緒在安德魯身上一轉，立刻挾帶著資料回到身上，剎那間無盡人體訊息如潮水般將他包圍。他在其中自如穿梭，從腦部的血管掠過，深入心臟，又隨著血液來到右手臂。

黎楚對著手臂中流淌不息的血管下達命令，頃刻間細胞中散發出特有的博伊德光，一段支流上的血液開始凝固，堵塞血管，將那一管新注入的針劑阻塞在了右臂之中。

黎楚重新睜開眼睛，收回了能力。

他向前行走時，彷彿一時不慎，踉蹌了一步，左手在安德魯背上重重扶了一把。

安德魯轉過身，罵道：「蠢貨，走路也要人幫忙嗎？」

黎楚認真地道：「抱歉，撞到你了。」

跟隨兩人來到一輛別克面前，安德魯打開主駕駛的位置，莫風則示意黎楚，

靈魂侵襲

兩人一起坐進後座。

黎楚慢慢地數著數字，莫風並未在意——共生者會有紓緩情緒的怪異動作是很正常的事，很多共生者都會數數。

黎楚看著窗外，慢慢數到了三百。

安德魯剛發動引擎，忽然發出了一聲怪異的咳嗽。他彎下身子，搖搖晃晃地想起身，但立刻倒了下來，頭撞在方向盤上，右手無力地垂下。

叭——

汽車喇叭的長鳴聲十分刺耳。

莫風立刻警覺地將手放在手槍上，迅速伏低身子，將自己隱藏在車內座位底下。他快速地四處張望，直到確認周圍沒有狙擊的敵人，才小心地問道：「安德魯？安德魯！你怎麼了！」

安德魯喉間不斷發出呵呵聲，身體無力地癱倒在駕駛座上，右手上的黑皮膚慢慢泛出極其可怕的深紫色。

莫風再次確認周圍環境，警覺地將手槍指著黎楚。

黎楚漠然看著窗外，口中依然在數數。

莫風終於起身，彎著腰探頭查看安德魯的情況。

這時，黎楚緩緩從袖口中抽出早已準備好的水果刀。

他轉過頭，輕聲道：「我一直覺得，人類不該參與契約者的事。」

就在莫風愕然回頭的瞬間，黎楚動了！

莫風甚至來不及開槍。

他的手指已經扣在了扳機上，保險栓則一直開著，但黎楚的刀太快！太精絕！

黎楚眨眼間割斷了莫風食指的手筋！這一刀快得無與倫比，精準得令人生畏，沒有任何多餘動作，只在莫風手上劃過這至關重要的一刀，然後毫無停頓地向前遞去！

莫風沒有感覺到疼痛，手上已經脫力，而那把細小的刀已經劃破了空氣，直撲他的眼前。

幾乎是出於本能，他移動手臂保護雙眼。

然而這卻是虛晃一招，黎楚神色不變，手中的刀遵循著彷彿演算過千百遍的軌跡，毫無阻隔地從側後方沒入莫風腰側。

脾臟！腎臟！

加上割破手筋的一刀，黎楚在一秒內刺出了關乎生死的三刀。

這三刀得手，莫風已喪失了生機，他腦中混沌一片，根本沒有反應過來。

黎楚在同一時間踹開車門，直接滾了出去。

莫風急促喘息著，牢牢按著自己身後的傷口。他緊緊盯著黎楚，彷彿看見了修羅！

「人類，太容易死了。」黎楚站在車外，好整以暇地看著手中的刀——他甚至冷靜地帶出了那把掉落在後座的槍，「所以，你們不該參與契約者的事，莫風。」

莫風渾身巨顫，眼前浮現出了一個難以置信的身影——一個屬於伊卡洛斯的研究者，永遠神色漠然、運籌帷幄的身影。

黎楚漠然道：「繼續反抗嗎？十秒內，你會因為內臟受損失血過多，徹底喪失戰鬥力；三分鐘內，你就會死。」

莫風腦中嗡然作響，渾身冰涼徹骨，死亡的威脅使他恐懼不已，片刻後咬著牙在後座上狼狽爬行，打開另一邊的車門，一邊艱難前行，一邊哆嗦著打開手機。

黎楚沒有再管他，而是轉去前座，見到安德魯意識尚存，但身體已經呈現出紫黑色，微微發脹，無力地癱倒著。

黎楚坐到副駕駛座上，動作依然不緊不慢，他取下安德魯戴著的耳機，慢慢戴到自己頭上，聽到裡面放著音樂。

聽聲音是安德魯自己唱的歌，名叫《Angel With A Shotgun》。

黎楚聽著歌，慢條斯理地說：「你的能力是控制聲波嗎？用次聲波共鳴來破壞人體組織，很聰明的做法。你的歌，唱得也不錯。」

安德魯無法動作，無法發聲，從額上淌下的冷汗滴落方向盤。

「你不知道我是怎麼做到的嗎？」黎楚說，「其實是那個空了的注射器。很簡單，只要在你重要的靜脈裡注入幾十毫升的空氣，然後等你的血液把空氣送到肺部，或者心房，你就會感覺難以呼吸、身體無力。你會發紺、煩躁、失明、癱瘓、休克……最後死亡。對了，你還會因劇痛而發狂，不過你感受不到這個；還有恐懼，你也不能體會。」

安德魯癱在駕駛座上，空氣栓塞使他慢慢地步入死亡。

黎楚抬起右手，被他自己阻塞了的血管供氧不足，他的右手正在失去知覺。

他用水果刀劃破了那條血管，讓那支針劑中的化學物質隨著血液流淌出來。

「看，那支抑制感情的針對我沒用。」黎楚說，「其實就算被注射了這支針也沒什麼關係，但我還是很珍惜我的感覺，失而復得的人總是這樣。」

他看向窗外。

莫風連滾帶爬地走了不過十幾米，嚴重失血和內臟破裂，已經將他擊倒在地。他絕望地躺在自己的血泊中，仍然握著手機，不斷瘋狂地大喊、求救，完全是一個被死神牢牢攫取在手裡的普通人。

但從他如同救命稻草般緊握著的手機裡，忽然傳出了黎楚的聲音。

「你依然這麼蠢，莫風。」黎楚說，「在我面前，妄圖用電子設備求救嗎？」

靈魂侵襲

11

莫風死了，死得頗為痛苦，他趴在地上，血液四處蔓延，除了渾身的骨頭健在，死狀倒和何思哲如出一轍。

安德魯命硬得多，在痛苦中掙扎了許久，仍然徘徊在死亡邊緣。黎楚只好親自捏斷他的喉嚨，讓他乾脆地死去。

安德魯死後，他身為契約者特有的精神內核在他體內隱隱發光，它還會不斷輻射出博伊德光，但這種光比使用能力時強度大得多，將會在三十分鐘到兩小時內完全輻射出去。

在此期間內，吸收這種死後輻射出的能量，能使契約者得到一點點安德魯的能量。

這麼點能量不足以使人獲得死者的能力，卻可以吸收到特有波段，藉以加強自己的能力，或者有十分微小的可能使自己的能力獲得安德魯能力的特性。

這就是契約者之間互相廝殺的最大動力——

微乎其微的，變強的可能。

這種可能，在長達千年的時光裡造成了契約者數不清的內部消耗，也將在往後的歲月繼續引誘著契約者舉起屠刀，向自己的同類下手。

耳機裡仍放著安德魯唱的歌。

歌聲高亢純淨，聲音如同飄飛在天際的絲絨，平滑、整齊、潔淨，充滿了美感。

但也正是這個人，為了向何思哲逼問出黎楚的下落，用他的聲帶發出了滅絕人性的超音波，用共鳴，毀了何思哲的生命。

契約者安德魯，歌唱者安德魯，似乎毫無關聯。

黎楚想。

完。

他從安德魯的口袋裡取出手機，裡面錄製了二十多首歌曲，他一首一首地聽完。

聽完之後，大約經過了一個小時，安德魯的精神內核也放射完了能量，徹底消散於天地之間。

黎楚慢慢地開始感受到難過了。其實他早在看見何思哲死掉時就有點感覺了，但是他對新得到的情感有些遲鈍。

聽完歌曲，心口忽然有些悶，有些他無從分析的情緒蔓延了上來。他將手機放進口袋裡，下了車。

這個地方是莫風挑選的，專門劃分成契約者們解決矛盾的地方——有人稱之為清掃區。這裡的一切都不會被普通人的世界檢測到，而一些機關則會定期來清理和記錄，所以他得以安靜地度過這一個小時的時間。

黎楚想回到何思哲身邊，或者說回到那具屍體身邊。

他覺得，或許應該按照正常人類的習慣，讓他入土為安。

但黎楚走進巷道裡的時候，看見盡頭處站著一個人。

那個人很高，淡淡的影子拉得非常長，一直鋪展到黎楚腳下。他像是看了黎楚一段時間，片刻後，忽然說道：「為什麼殺了莫風？」

黎楚站定，感受到一種隱性的氣場沉沉籠罩著自己。這種氣場，只有極度危險強悍的契約者才會擁有。

契約者的氣場並不是一般而言的氣場，也不是人身上散發出來的東西，而是周遭的空氣、物件、生物，因為感受到人身上高度集中的毀滅性能量，而自發地退避，形成的一種扭曲感。

黎楚頓了頓，開口答道：「以命償命。」

那個人又說：「安德魯殺了你的人，他的死我姑且認同，但，你還殺了莫風。」

黎楚道：「你是他們的領袖？」

巷子盡頭的人慢慢走了出來，他動作不快，身形卻迅速來到黎楚面前。

他非常高，大約有一米九，有著顏色極淺的銀色頭髮，因為燈光昏暗，看不清具體五官，但是輪廓深邃，是毫無疑問的美男子。

並且能力深不可測，黎楚想。

「你不認識我？」男人凝視著黎楚，片刻後說道，「我是你的契約者，沈修。我來接你回去。」

——我是你的契約者。

黎楚瞳孔驟然一縮，下意識地想要調用能力。

他習慣在獲知資料的情況下分析局勢，進而演算下一步的動作——可是他現在不能。現在與他面對面的是一名深不可測的契約者，一旦動用能力，博伊德光會立刻暴露他的祕密……

他現在是一名共生者，沒有共生者會擁有契約者的能力。

黎楚伸展手指，垂下眼眸，意識到此刻自身沒有戰勝，或只是逃脫的把握。

而沒有把握的事情，他很少去做。

所以，黎楚淡淡道：「好，我和你回去。」

沈修帶著黎楚走出了那塊清掃區。

街燈已經亮了，外面燈紅酒綠，一片盛景，哪裡都熱鬧，哪裡都可以找到快樂。

路過那家網咖的時候，代替何思哲代班的女人還坐在櫃檯，專注地玩她的網頁遊戲。普通人類總是很容易被替代，只有他們會覺得自己獨一無二。

黎楚的袖口其實沾了血跡，有何思哲的，也有莫風的。但是他走在路上的動作太過自然，身邊的沈修又是容易吸引視線的混血美男子，所以沒有人關注他身上的血。

沈修走在前面，看起來並沒有太大的警戒。

但他和安德魯不一樣。安德魯是黎楚熟知的那種契約者，除了特有的能力和契約者的特性以外，身體完全是一名普通人，只要找到他的弱點或者破綻，可以輕易地殺死。

而沈修的氣場已經渾然一體，如果不是他的身體素質突破了普通契約者的界限，那麼就是他的能力太過強悍，甚至抹消了他的一切破綻。

黎楚慢慢地分析著，跟隨沈修來到一輛車前。

駕駛座上坐著一個年輕女孩，見到沈修後恭敬地低下頭，問道：「King，您有見到安德魯和莫風嗎，金毛說他們在遮罩區消失了很久。」

沈修打開後座車門，讓黎楚先坐進去，道：「已死。」

女孩瞪大眼睛，顯然十分震驚，片刻後沉沉地應了一聲，發動車子。

車燈亮起，黎楚得以清晰地見到沈修冷峻的面容。

沈修的膚色較白，而且眼睛也是極淺的顏色，大約是純粹的銀色上鍍了一層非常淡的藍色，這種瞳色使他看起來冷酷而銳利。

沈修打開手機，撥通後簡單地說了一句：「馬可，通知所有人，立刻在A座集合。」又合上手機。

這時，黎楚突兀地問道：「你是白化病人？」

話音落下時，駕駛座上的女孩愕然又緊張地看著後視鏡。

沈修不甚在意地答道：「你可以這麼認為。」

12

深夜，一輛車停在了北庭花園。

沈修從車裡走出來，他的治療師薩拉已經在門口等著了。

薩拉直截了當道：「頭兒，莫風死了？」

沈修道：「進去說。」

他走進去的時候，薩拉注意到他的右手臂隱隱透出血跡。

「頭兒，你受傷了？」

沈修頭也不回地說：「無妨……是他受了傷。」

作為共生者的黎楚在手臂上劃了一道傷口，通過契約共生關係中的「伴生」特性，使得他的契約者沈修在同一位置也有了一道一模一樣的傷口。

就在這時黎楚也邁步出來，神色鎮定，或者說是面無表情。

薩拉瞇著眼，打量了他許久。在她的記憶裡，這個屬於沈修的共生者和其他共生者沒有本質上的區別，他總是很沉靜，引不起關注，如果不是沈修的關係，沒有人會記得他。

黎楚注意到她的視線，出於禮貌地點了點頭。

而薩拉在他走過的瞬間，伸手抓住了他的手臂。

黎楚鎮定地看著薩拉，兩人對視了短短一瞬，薩拉眼中充滿了探尋的神色。

薩拉閉上眼道：「記住你的身分，不要隨便受傷。」

當黎楚將自己的手臂收回來時，發現他用小刀劃出來的那道傷口已經癒合了。

與其說北庭花園是座別墅，不如說是一座後花園。這裡基本上屬於一個人，而這個人現在召集他的 SgrA 組織成員正在A座開會。

黎楚被帶到C座，與A座遙遙相對，中間隔著一處小型花園。黎楚坐在窗邊向外看，見花園中間一座鞦韆上擺著一盆植物，在風中晃來晃去。而對面的A座一排窗都關著，正對著黎楚的那扇窗沒有拉緊窗簾，可以隱約看見長長的會議桌邊上坐著人。

那個開車的女孩和黎楚待在同個房間裡，此刻也百無聊賴地看著窗外。

她喋喋不休地對黎楚說話。

「哎，我從來沒有見過你，你是King帶來的新人嗎？我好久沒見過King親自去接誰了，你是不是很厲害很有名啊……喂，你有在聽我說話嗎？」

黎楚轉過頭來，認真地問道：「King——這麼掉價的稱呼，是誰這麼稱呼沈修的？」

女孩愣了一下，瞪大眼睛：「喂，你太失禮了！King就是King啊，哪裡掉價！了！」

黎楚道：「比如說，年幼的小孩子喜歡玩的一種特有的遊戲，你來做King，他來做 Queen 之類的。」

女孩：「……」

黎楚又道：「又比如說，稍微不那麼年幼的孩子，特別是男孩子，對自己的某種特定稱呼和自我滿足。」

女孩：「你是說中二病？」

黎楚：「什麼叫中二病？」

女孩：「沒什麼！快忘記快忘記！啊啊啊我不能被你帶過去！King 這個稱呼明明很正常的哪裡中二了……好吧可能是有那麼一點中二但是……不不不不要再想下去了！好可怕！」

女孩捂著臉慘叫。

黎楚看著她一會兒，隱約看到了一點名為何思哲的影子。他忽然不想繼續對話下去了。

可能人的死亡，帶來的傷口總是比較深，黎楚想。

他轉過頭，不再和女孩說話。隨意看了看座位旁的桌子，除了一本無趣的哲學書以外，意外發現了一支紅外線筆。

黎楚拿起筆，將其在修長的手指間靈活地轉動了兩圈，片刻後，開啟了能力。

一道不起眼的紅外線遙遙打在了A座會議間的窗戶玻璃上。

會議室裡的對話，化為無形的聲波向外層層傳遞，帶動窗玻璃以肉眼不可見的幅度微小地振動。而後紅外線被折射了出去，載著窗玻璃振動的狀態，完整而忠實地傳遞了回去。

這道光最後被黎楚收在眼底。

然後光中的資訊，透過視網膜，在視神經中躍遷，被一道數據洪流截取，匯入神祕的精神內核，繼而由數十道複雜的人體工序破譯，重新組織成原始的資料資訊，又從中萃取出微弱的振動資訊，再經歷數十道工序後，成為原始音訊。

這個方式得到的原始聲音無法分辨音色，因此只能聽到聲音，無法判斷發出聲音的人是誰。

黎楚將紅外線筆握在手裡，「聽」到了會議室裡的聲音。

「薩拉，不要太傲慢了！妳忘記規矩了嗎？這是共生者的事情，按規矩他對應的契約者沒有建議權，哪怕是陛下也一樣！」

「這個規矩是用來約束頭兒的嗎，塔利昂？你難道不知道他對這個共生者從來沒有過優待嗎？還是說你根本不相信頭兒作出的決定！」

「薩拉，妳才是一直對陛下作出優待的人吧！他是陛下的共生者！現在這個共生者殺了我們的戰友，安德魯和莫風死了！難道他不該付出應有的代價？」

「對，對，我是有優待，那又怎樣？頭兒一手創建了SgrA，他救過莫風的命！也救過你的！你想對他的共生者做什麼？還是說你想對頭兒做什麼！」

「我沒有這麼說過，不要惡意揣測我，薩拉！就算不能按照規矩以命償命，哪怕不能對那個共生者做任何傷害，總要給其他兄弟一個交代！薩拉，我承認陛下的地位，但是這件事不一樣。他的共生者殺死了我們兩名成員，其中還有一個契約者！如果這件事不妥善處理，一切都會亂套！妳難道希望自己被一個共生者傷害卻不能還手，不能報復？」

「這是特例！你以為我會像那種蠢貨一樣，被一個手無縛雞之力的共生者殺掉嗎？啊哈！」

「夠了！薩拉、塔利昂，住口吧。讓陛下決定。」

會議室內靜了片刻。

最後一個聲音沉穩地說：「我的共生者，我會處理，也會給出交代。馬可，通知其他人安德魯和莫風的死訊；薩拉，妳去撫恤安德魯的家人。這件事到此為止，我們有其他事情要討論。塔利昂，彙報你這一週的情況。」

「好吧，頭兒。」

「是。」

13

會議結束了，夜已經很深。

負責看守黎楚的女孩，看他玩一支紅外線筆玩了大半夜，實在無聊得不行，連連打著瞌睡。

看守黎楚的人，當然不會只有這個普通女孩，但是其他人從頭到尾沒有出現過……這代表，他們有信心用別的手段監控黎楚，比如說，一個有相關能力的契約者。

出於謹慎，黎楚沒有聽完全部的會議內容。收回能力後，他繼續裝作玩著紅外線筆，看那一點紅光漫無目的地在牆面上四處遊走，同時思考著。

他聽說過 SgrA，這個異能組織頗為精簡，總成員不超過三十人，領頭者卻很神祕，有人猜測是異能界的四王之一……

如果沈修確實是四王之一，也就可以解釋為什麼其他成員會稱呼他「King」了。異能界很少會給一個人取代號，除非這個人確實有資格

四名「王」，就是這類代號中，含義最深的一種。四王代表著整個異能世界裡最頂尖的戰鬥力，他們的能力據聞能夠傳承，卻始終成謎。

如果要將他們的地位詳細地表述一下——某一位王曾是梵蒂岡教宗，而他的自我介紹往往是「王」的頭銜在前，教宗頭銜在後。

黎楚沒有代號，因為他本身是伊卡洛斯基地隱藏的王牌，不是戰鬥人員。他的實力體現在其他方面，某種層面來說，比一般戰鬥人員珍貴得多，因此需要隱藏他的資訊來保護他。

伊卡洛斯在隱藏方面做得很好，在保護方面卻沒能做到。黎楚的能力一旦公開，勢必成為各個組織獵頭的對象，他自己也明白這一點。

房門悄聲打開了。

黎楚心中一動，回頭看去，見沈修站在門口，目光帶著些許審視。

此刻黎楚安穩地坐在扶手椅上，腿上攤開著一本書，燈光照得他的側臉尤為沉靜，甚至他向沈修投去目光的時候，也顯得格外溫柔。

沈修將這一幕盡收眼底，與黎楚對視了片刻，道：「走吧。」

黎楚隨手將紅外線筆放在口袋裡，跟著沈修向外走去。

他們走出C座，穿過中庭的小型花園。迎面走來的人都向沈修低頭致意，而沈修始終惜字如金，只是偶爾與黎楚進行對話。

「你讓我出乎意料。」沈修說。

黎楚道：「是殺死了一名契約者讓你意外，還是『我』讓你意外？」

沈修：「你。」

黎楚：「你也令我意外。我原本以為，沒有任何一個契約者會放任共生者流落在外。你似乎一點也不擔心我會意外受傷，或者……死於非命。」

沈修：「這些事情，你會比我更擔心。」

想。」

黎楚想了想：「好像確實應該是我比較擔心，不過別的契約者可不會這麼想。」

沈修停下腳步。黎楚以詢問的眼神看他。

沈修道：「你，就住在這裡。」

眼前的別墅和其他住宅沒有不同，但……這裡似乎沒有旁人。也就是讓他一個人住？

沈修說：「飲食、衣物，和其他日用品會每天送達，但你不能踏出這裡一步。如果你有其他需要，可以使用電話，電話只能聯絡薩拉，如果想見我……你可以和薩拉先談談。」

黎楚站在原處，緩緩道：「也就是說，你要囚禁我？」

沈修轉過身與他面對面，冰藍色的眼中是無動於衷的神色。

「是的，黎楚。」沈修第一次清晰地叫了他的名字，緩慢而不容拒絕地說道，「你無故殺死了我的屬下，作為我的共生者，你不會死，但你——必須受我支配。

這就是我的決定。」

「果然還是契約者啊。」黎楚輕聲感嘆了一句，神色依舊，似乎並無不滿，也沒有其他情緒。他再次打量沈修，淡淡道，「你打算囚禁我多久？」

「半年之後，我會再來。」沈修說。

黎楚點點頭，忽然問道：「你就放任我一個人在這，不擔心我哪天自殘了，自殺了？」

沈修的語氣並無太大起伏，道：「我從不覺得我對你很放任。至少二十年來，你依然活得很好，而且會繼續活下去……對我來說，你只要不造成太大麻煩，就足夠了。」

黎楚就笑了笑：「那是從前，而我是現在。你如果要求我乖乖待在這裡，不惹麻煩，那麼我也要求你，別給我惹麻煩。」

說出這句話之後，兩人間偽裝平靜的氣氛終於緊張起來。

沈修眼神冰冷，直視著黎楚，毫不留情地說道：「我對你的忍耐有所限度，你最好清楚這一點，也不要妄圖以此作為籌碼。」

黎楚的嘴角牽起一抹嘲諷的笑意，不閃不避地看向沈修：「正好，我認為你也需要知道，我的忍耐同樣是有限度的，契約者大人。」

「你在與我抬槓？」沈修淡淡道，「如果你想激怒我，你應該知道，我的怒火只會傳遞到你的身上。」

黎楚反而走近了一步，道：「你提醒了我。兩個人吵架，只有一個人承受生氣的感覺，好像不太公平。」

他猛然抓住沈修的領子，整個人上前一步，仰首準確地將自己的雙唇印上了沈修的，然後胡攪蠻纏地探舌進去。

沈修眼中略帶嘲諷，不閃不避地受了這一吻，片刻後輕鬆找回主動權，將黎楚吻得氣息不穩。

「這就是你的目的？」沈修鬆開他，微微蹙起眉峰——這一吻過後，伴生特性逐漸褪去，他開始感受到屬於自己的情緒。

這對任何契約者來說都頗為陌生。很多人十分厭惡情緒這種東西，認為是人類才會擁有的弱點。

黎楚的下唇上還沾著水色，他以手背輕輕拭去，輕笑道：「這樣感覺好多了。原來剛才的『不悅』，是你的情緒。」

沈修忽然有些後悔沒有阻止他，而且覺得接下來他要說的話一定會更加……果然，黎楚又道：「我很不喜歡你的情緒，不如我們繼續交換體液，至少達到你三個月不會煩到我那樣，如何？」

沈修的臉色沉了下去。

黎楚瞥了他一眼：「你不願意？那不如像剛才那樣，我繼續霸王硬上弓？」

沈修冰藍色的眼裡終於露出怫然不悅的神色，瞳仁深處緩緩湛出一絲博伊德光，那光有如透過水晶的折射，迷離出一層薄薄的光暈。

下一刻，黎楚感受到一股力量將他整個人拉扯向後，猛地撞到身後的大門上。

「待在你該在的地方，做你該做的事。」沈修說。

沈修的博伊德光彷彿能點亮他那雙星辰一般的眼，淺色的髮梢有一絲落在其上。接近純白的髮和眼帶著一種不可直視的美感，不同於水晶脆弱的光芒，而如同一把名劍，鋒銳、凛冽。

14

沈修離開的時候帶著不悅，這種感情很少出現在他身上，不過他掩飾得很好，或者說他面無表情的樣子維持得很好。

而黎楚……故意挑起的那段爭論當然不是毫無緣由，而是出於兩個目的。

一，試探沈修的能力。

二，吻他！

結果是，他對沈修的能力有了一千種以上的猜測，雖然還沒有結論，但是至少從黎楚之前被沈修以能力壓制在牆上來說……沈修的能力會和念動力有關？

還有就是，吻到了！

很好，交換唾液的時間雖然不長，但是也足夠暫時遮罩伴生關係了，保守估計之後四個小時以內，黎楚不會收到沈修的情緒，沈修也不會因為黎楚而受傷，他們之間的聯繫會有所減弱。

這對黎楚來說完全夠了，所以在沈修離開二十分鐘以後，他就果斷地開啟能力，黑掉了北庭花園的監視系統，控制中央電腦開了門又關了周邊防禦系統，然後大搖大擺地……翻牆，逃了！

黎楚身上一無所有，只是慢慢靠自己走到了何思哲租的那間公寓。

他走了兩個小時，精疲力竭，風塵僕僕，來到門口的時候發現自己沒有鑰匙。

這是扇普通的木門，老式的鎖，卻正好是黎楚的能力無法對付的東西。他沒辦法入侵這種東西，只能傻乎乎在門口坐著，過了一會兒，回想起何思哲說過的話。

黎楚站起來，在門框上到處摸了一會兒，找到了鑰匙，終於打開門走進去。

這地方依然很亂，和一天前的唯一區別就是，再也不會有主人來收拾它了。

黎楚徑直走進去，把沙發上的破爛筆記型電腦拿起來，抱在懷裡，茫然想道：何思哲說這個送給我了。

這臺電腦重灌過，沒留下什麼東西，就是D槽裡還有幾張何思哲的插畫。他的技巧不怎麼樣，留下的畫大多是一些幻想出來的美女型男，應該是拿來賣錢用的。

黎楚又想：他求過我，畫不要刪。

他帶著電腦，出了門，又茫然站了一會兒。

對面的門緊閉著，門下縫隙露出橘黃色的燈光，還有飯菜的香氣和電視的聲音。

黎楚面對著這扇門，孤零零地抱著一臺老電腦，肚子叫了一聲，片刻後，又孤零零地走了。

他漫無目的地四處晃，直到走不動了，就找了張路邊的長椅坐下，電腦放在旁邊。

這時節，白天不冷，但夜間颳著寒風。風是無處不在的東西，只消呼地掠過去，就把人身上的溫暖一起帶走了。

黎楚身上只有一件薄薄的外套，凍得哆嗦了一下。

這時候，旁邊的灌木叢裡鑽出來一隻野貓。

野貓的毛色灰溜溜的，垂著耳朵，有氣無力地看著黎楚喵了一聲。

黎楚和牠對視了一會兒，道：「我也沒有吃的。」

野貓在黎楚腳下轉了兩圈。

黎楚聽到牠呼吸聲很重，且不均勻，可能是感冒了。他又重複了一遍：「我沒有吃的。」

貓兒又喵了一聲，彷彿在說話似的，過了一會兒，牠毫不怕生地跳上來，髒兮兮的爪子踩到黎楚腿上。

黎楚也餓，完全不想動彈，就看著這隻野貓在自己的腿上轉了兩圈，把自己團成一圈，躺下了。

又一陣冷風吹來，黎楚裹緊外套，感覺自己腿上暖暖的。

這隻貓真暖和，黎楚心想，也就不急著趕走牠了。

黎楚的視線從這個小東西身上挪開，向遠處望去。

城市很熱鬧，燈光從遠山一直綿延到近前，像色澤不一的珠寶不小心傾瀉在了黑色天鵝絨上，瞇起眼去看的話，折射出來的光澤能暈暖整個視野。

黎楚迷迷糊糊地瞇了片刻，忽然感覺眼前的燈光被一個人影擋住了。

抬頭看去，沈修正俯視著自己，輪廓凌厲的面容在逆光中被氤氳了。

沈修嘲諷道：「你本事大得很，竟然私自逃了出來。」

黎楚在寒風中吸了吸鼻子，回道：「我身上沒有定位器，你如何這麼快找到我的？」

「我是你的契約者。」沈修道，「你在哪裡，我都能感應到。」

這倒是真的，不過這種能力有強有弱，像黎楚當年還是契約者的時候，就只能感應到晏明央的大概方向。

黎楚啞聲嗯了一聲，感覺自己精疲力竭，懶得繼續和沈修針鋒相對，緩緩道：「你關不住我的。在哪裡……我都有辦法逃出來。」

沈修看著他，不置可否。

黎楚仰首與他對視，片刻後開啟了能力。

博伊德光從他眼中放射出來，將他深棕色的瞳仁映照成了琥珀一般的色澤。

沈修瞳孔驟然一縮，顯然極是震驚。

黎楚的存在，顛覆了異能世界千百年來的自然規律。

這時黎楚又吸了吸鼻子，道：「你可能是我的契約者，我卻不是一個共生者。很吃驚嗎？我決定讓你知道這件事是因為，我們實際上依然是一條繩子上的螞蚱，契約共生三大特性，依然適用於你我。唯一的差別是，我擁有契約者的能力，也擁有共生者的感情，沈修，我不會接受你的囚禁。」

沈修瞇起眼，手指微微屈張，但片刻後似乎放棄了做什麼舉動。

「我不會更改我的決定。無論你是什麼身分，你殺死了我的人，就必須接受處罰。」

黎楚抬眼看著他，清晰而又緩慢地說：「我不會接受監禁。哪怕是一天，一小時，一秒鐘。我和你不同，我能夠感受到喜悅和悲傷、痛苦和歡欣，我能感受到這個世界賜給我、或者加諸於我身上的一切東西，這一切都是重要的東西。

「只要我活著，我就要行走，要去看、去聽，去明白第一千種第一萬種感情是怎樣在我的靈魂裡誕生，然後釋放，然後沉寂。所以沈修，我不會被關在一個地方，乖乖做你無憂無慮、無知無覺的共生者，放棄吧。」

黎楚知道，他們的伴生關係還沒有回復。沈修現在還帶著人的感情。

沈修聽完後，淡淡道：「你如何想，如何做，與我無關。你殺了不該死的人，就需要付出代價，這是我的規矩。」

黎楚吐出一口氣，望了望天空。

他想著，沈修對他的原則也是固執到了一定的境界。是不是應該告訴他，他殺莫風的原因是莫風背叛了伊卡洛斯，並且殺死了自己……

不。

有關於死而復生的事件，一點跡象也不能顯露。

這與暴露能力是兩碼子事，後者還不足以讓一名契約者對付自己的共生者，但前者卻太過可怕了。

黎楚低下頭，摸了摸躺在自己腿上取暖的、依然睡著的野貓。牠太疲倦了，儘管受到打擾，依然蜷縮著。

「那麼，更簡單地解決這件事吧。」黎楚道，「放我走，或者殺了我。」

15

沈修站在黎楚身前，斷然道：「想用死來威脅我？你是一個不到絕境，不會放棄生命的人。」

黎楚道：「你怎麼知道我不會尋死？」

沈修神色淡然，看不出是嘲弄還是別的什麼：「你說過，要感受更多感情。你……不會尋死，無論如何都會努力活下去。」

黎楚笑了笑：「你如果……不是契約者就好了，至少別是我的契約者。你說的沒錯，我不會尋死，更不該用自己的死來威脅你——但是很可惜，我依然要威脅你。放我走，否則你會遇到比我的死還要難以接受的事。」

沈修冷哼道：「你可以試試。」

黎楚抬起右手，同時發動能力。當博伊德光從他眼中暴漲了一瞬的同時，他的右手已經慢慢垂落下去。

「猜猜我的能力？」他若無其事地笑道，「如果現在還有伴生關係，你的右手應該也沒有了知覺。這對我來說很簡單，隨時隨地，都可以失去知覺，失去視覺、聽力，直接昏迷……一切都可以。但對你，對於一個契約者來說，在戰鬥中隨時來這麼一次，都很致命吧？」

沈修居高臨下地看著他，伸手扼住他的咽喉，冷峻道：「你以此來威脅我？我原本不打算處置你，但你應該知道我可以做到什麼程度。只需要將你養在器皿中，每隔一段時間交換一次血液，就可以忽略你這種徒勞無益的努力。」

黎楚嘲弄地笑了笑：「藉由交換體液遮罩伴生關係？這很愚蠢，因為只要我願意，你根本找不到這具身體裡的任何體液……」

話未竟，腿上的野貓忽然喵一聲炸了毛，迅速逃回灌木叢中。

而沈修抬手捏住了黎楚的下巴，拇指按住他的下唇。

他清晰地看見黎楚堪稱溫順地隨著自己的動作而仰起頭，唇縫間露出雪白的牙齒和濕潤的嫩肉。

沈修俯下身，側頭含住黎楚的雙唇，同時按在他下唇上的拇指微微用力，迫使黎楚張開嘴。沈修剛探舌進去，便皺起眉，更深入地吻了過去，纏著黎楚的舌頭，甚至吮吸、挑弄。

黎楚喘息著偏過了頭，呸了一聲。

伴隨著他的動作，沈修直起身子，這一次他眉頭緊皺，看見黎楚連連呸聲又狠狠抹了一把嘴後，神色幾乎可以稱得上暴怒。

黎楚仍不知死活道：「交換唾液確實很方便，不過停止唾液分泌也很方便。」

沈修有點想掐死他。

黎楚道：「你可以繼續嘗試獲取我的血液，除非一次性抽取全身血液，否則我依然有方法活著把血液停滯掉，而不在我體內活動超過三十秒的血液可就失效了；或者你可以在這裡強姦我，看看能不能搾出點什麼……」

他沒能說完，沈修已經動手掐住了他的咽喉。

沈修低頭靠近他，幾乎有些咬牙切齒地說道：「你究竟想要如何？」

他們近在咫尺，互相凝視。黎楚看見他劍眉斜掠進鬢髮，寒冰一般的眼裡彷佛能折射出寶劍的寒光。

黎楚道：「放我離開。」

沈修斷然道：「不可能。」

黎楚道：「放我自由。」

沈修深呼吸兩次，思考片刻後，終於道：「你可以跟著我。我不會控制你的行動，但是……」

「還有一個條件。」黎楚道，「別隨便用你的能力！你的『戰痛』會作用於我的身上，而我根本不想代替你承受這種代價。」

沈修怒道：「別得寸進尺！」

黎楚說：「那就換一個方案！每天八點進行一次唾液交換，確保隨時隨地遮罩伴生特性，可以了嗎？」

沈修幾乎失手掐死他，但最後還是冷靜下來，說：「很好，我答應你的條件。現在可以跟我回去了嗎？」

黎楚道：「你學會問我意見了，真不錯。我決定跟你回去了。」

沈修開始覺得，和自己的共生者交流有時是在挑戰極限。

回到北庭花園。

薩拉站在門口等待一段時間了，見黎楚和沈修先後從車上下來，瞪了黎楚一眼，對沈修道：「頭兒，我剛買了個兩百萬的新系統，這次保證不會出差錯，他插翅也飛不出去！」

沈修冷冷道：「終止監禁。以後他會跟著我行動。」

薩拉：「……頭兒，你說什麼？」

沈修從來不重複自己的命令，沉著臉就往裡走。

黎楚抱著破電腦走進別墅，見薩拉咬牙切齒地看著自己，不由得上下檢視了一下自己，片刻後冷得打了個哆嗦。

「啊噓！」

兩秒後，走在前面的沈修。

「……阿噓！」他捂了一下鼻子，顯然對這種從未體驗過的事情頗為反感。

薩拉：「……」好像第一次看見頭兒打噴嚏？

這時沈修回過頭，陰沉地命令道：「薩拉，治好他。」

黎楚伸出手，友善地道：「伴生關係回復了……我好像有點感冒，影響到了妳的『頭兒』。」

薩拉愣愣抓住黎楚的手，使用能力。片刻後，黎楚感冒好了，對著薩拉笑了笑，跟著沈修走了進去。

沈修進到大廳，將外套脫下遞給管家，道：「將我隔壁的房間收拾一下，今後你就住在那裡。」後一句是對黎楚所說。

他顯然不想對黎楚多說些什麼，轉身就想離開。

黎楚立刻問道：「我很餓，該在哪裡吃飯？」

沈修道：「我知道。巴里特會為你安排。」

管家友善地對黎楚微笑，伸手想為他引路。

黎楚又道：「等等，伴生關係回復了，按照約定，是不是應該交換一下唾液再走？」

沈修：「……」

黎楚：「別這麼生氣，我感受到你的怒火了。」

沈修又走了下來，粗暴簡單地按住黎楚的後腦勺，凶狠地法式長吻了一分鐘。

老管家默默轉過身，不忍直視。

分開時，黎楚微微喘息，銀色的唾液又一次險些從濕潤的唇上滑落下來。他舔了舔唇，邊忍不住道：「你接吻的時候都這麼……不溫柔嗎？」

沈修抬手替他抹掉，沒說什麼，扭頭就走了。

16

黎楚在餐廳坐下時已經十一點了。

管家巴里特為他拉開座位，又放好他的外套，俯身說道：「黎先生，這裡的餐點是二十四小時自助，如果你有需要，可以按桌上的鈴，讓廚師或者歌手為你服務。」

黎楚想了想，問道：「有麻辣雞腿堡和番茄醬嗎？」

巴里特道：「沒有，先生，不過我們可以為你訂外送。」

黎楚滿意地點點頭：「很好，請幫我訂八個麻辣雞腿堡和二十包番茄醬。」

巴里特：「……」

管家先生帶著黎楚的電腦，憂鬱地走了，心裡不斷思考，這位共生者吃這麼多會不會把陛下的胃一起撐壞了?

黎楚的八個漢堡到達時，薩拉也正好來到餐廳。

她看起來頗為狼狽，鼻頭發紅，看見黎楚還來不及說話，就連著打了三個噴嚏。

黎楚正要開口問候，薩拉又惡狠狠瞪了他幾眼，便自顧自端了一堆吃的，找到離他最遠的位子，開始吃消夜。

黎楚:「……」

他翻出自己的漢堡，正準備打開包裝，便聽見那邊的薩拉驚天動地地開始打噴嚏。

「啊嚏……啊嚏!啊嚏——啊嚏!」

連綿不絕滔滔汨汨黃河之水天上來。

黎楚看見自己桌上有紙巾，便提著它去找薩拉。

還是沒來得及說話，薩拉便以迅雷不及掩耳之勢搶過紙巾，開始驚天動地地擤鼻涕。

然後兩人大眼瞪小眼半晌，薩拉道：「有話快說。」

實際上黎楚沒有什麼話要說，但想了想，覺得有機會從薩拉口中套出關於沈修的情報，便問道：「妳知道……沈修是白化症病人？」

薩拉：「……」

奇異的沉默。

黎楚：「妳應該是SgrA的治療師吧？不能治好他——」

薩拉豁然站起身，瞪著黎楚，怒髮衝冠，抬腳踩在桌子上，扠腰怒罵道：「你居然有臉問我這個？你是腦子裡進了嗶——還是被二十頭驢當成足球踢了三個月然後被飛機的艙門夾了？」

黎楚仰視著她：「……」

薩拉又打了個極其響亮的噴嚏，帶著濃重的鼻音繼續怒罵：「如果不是為了你，頭兒會變成……變成這樣嗎？你扭頭就自己忘了，然後到處亂跑，還害死莫風和安德魯那個蠢貨——算了那個蠢貨暫且不提！你還——你是怎麼蠱惑頭兒，讓他改變了主意？」

黎楚誠懇地道：「簡單來說，我威脅他。」

薩拉瞬間忘記了生氣，震驚道：「你威脅他？你怎麼做到的！」

「基本上是『你敢關著我我就尋死覓活』這樣。」黎楚想了想，總結道。

薩拉張著嘴，半晌忘了說話，直到噴嚏又連環造訪。

黎楚忍不住道：「妳是治療師，不能治療自己的……感冒嗎？」

薩拉狼狽地擦了擦鼻涕，終於把腳放下了桌子，片刻後頂著通紅的鼻子，又瞪了黎楚一眼。

「世界上有可以直接治療的能力嗎？有嗎？怎麼可能有！我的能力只不過是把疾病或傷口轉移而已！」

黎楚思考了一陣。

確實，世上可能有免費的午餐，卻不會有免費的藥。所有能進行「治療」的能力都極其珍貴，然而這些能力大多類似於提升人體自身免疫能力、暫時加快新陳代謝，或者造成類似疫苗的效果罷了。

薩拉這種轉移傷口的能力，嚴格來說不屬於「治療師」的範疇，但在某些時候——

「轉移疾病？」黎楚意識到了什麼，「妳是說，妳的能力只能將疾病轉移而不能治癒，這麼說沈修的病——」

薩拉用濃重的鼻音冷笑道：「就是你想的那樣。我可以讓疾病在患病者和我自己之間轉移，比如你的感冒；也可以使其在一對契約者和共生者之間轉移，比如，你的白化症。」

據薩拉所說，沈修的共生者（原名羅蘭）是天生的白化症患者。

白化症的特徵是人體嚴重缺乏黑色素，具體表現為極其蒼白的皮膚、粉紅色或者其他淺色的瞳色和髮色，以及免疫力低下，懼怕紫外線直射等等。

很少有共生者罹患這類先天性疾病，而一旦他們生病，由於契約共生的特性，就一定會影響到他的契約者。

例如一個有先天性心臟病的共生者，他的契約者不會有這個毛病，卻會有同樣的症狀，也同樣不能劇烈運動或者過於情緒激動。

沈修的共生者羅蘭就是這種情況。他有白化症，而沈修沒有。

過去二十多年來，沈修並不拘禁他的共生者，也不妨礙其自由，但羅蘭依然不能到處亂走。他在SgrA的存在感極其稀薄，身為King的共生者，甚至沒有幾個人知道他，因為他深居簡出，最常做的事情就是沉迷於網路世界。

直到薩拉到來。

實際上在黎楚占據這具身體之前，薩拉沒有見過羅蘭，也不知道羅蘭的契約者就是沈修，只是有一天沈修命令她，「治好」羅蘭的白化症。

再之後，薩拉根據命令，毫不知情地，將白化症轉移到了羅蘭的契約者，沈修身上。

在沈修深居於黑夜中，感受著疾病緩慢侵蝕自己的時候，羅蘭跑了。

羅蘭光明正大地行走在陽光下，感受前所未有的自由——兩天半。

兩天半以後，他被伊卡洛斯基地捕獲，作為一個「暫無契約者情報」的共生者，他是各個基地致力於挖掘尋找和控制的對象。這就是他出現在伊卡洛斯的原因。

那之後，沈修再次出現在眾人面前時，就是銀色的髮，和淺藍的眼。

不同於其他契約者，他不急於尋找自己的共生者，也不急於治療自己，依然穩重，依然從容，不急不緩地掌控著他的SgrA，坐在屬於他的王位上。

而羅蘭就在伊卡洛斯基地過著被圈養的日子，直到一股外來力量打破了他的圍欄，而伊卡洛斯中的間諜莫風，莫名地提前暴露了身分……

「我不知道頭兒為什麼要治好你，反正他當時很信任你。」薩拉說，「但是你背叛了他。我會看著你的，叛徒，我不會允許你第二次背棄他的信任。」

黎楚嗯了一聲，吃完他的第八個漢堡，心裡覺得沈修這個契約者，有些不一般。

Episode 2
純血公主

SOUL INVASION

靈魂侵襲

1

第二天黎楚舒舒服服地睡到了十一點多，然後下樓去找吃的。

這裡是北庭花園的Z座，等同於皇帝的寢宮，早先除了沈修以外，只有一個管家、一個幫傭常駐，另外就是薩拉和馬可會常來。

薩拉是組織的治療師，也就是說平時閒得沒事幹但地位不低，而馬可則是負責情報的契約者，所以沈修會經常找他們兩個議事。

黎楚住在沈修隔壁的臥房，裡面一應用品都是新的，平時沒有什麼人打擾。他眼一閉，倒在床上就可以一直編程式編到天荒地老，也算挺方便的。

中午時分，黎楚踩著拖鞋下樓，饒有興趣地看著幫傭開始做午餐。

管家巴里特正在布置餐廳，實際上也就是擺好刀叉盤子，再看看桌上還能放下幾朵花。

黎楚一副沒睡醒的樣子坐了下來，左右看看，見到門口的鞋櫃上放著一排十數把陽傘。陽傘樣式簡單，全都是深色的。

「那都是沈修的嗎？」黎楚問道。

巴里特鞠躬回道：「是的。」

黎楚想想便明白了。沈修的白化症不能長時間曬到陽光，除了晝伏夜出以外，就只得隨時備著傘具，避免陽光直射。

白化症……原來是他的，沈修何必這麼做？

黎楚托著下巴，有些出神。

等午餐用到一半的時候，沈修從外面回來了。

他穿著長版黑色風衣，將手上的傘擱在鞋櫃上，又隨手解開了外衣最上面兩顆釦子。雖然剛從外面進來，他的面色仍然森冷，淺淡的銀髮都能讓人聯想到金屬的質感。大抵是氣質如此了。

黎楚藉機將沈修從上到下打量了一遍。

沈修當然知道黎楚在做什麼，徑直走過來，拉開他對面的椅子坐下，然後說道：「你如果要出門，今晚可以隨我一起出去。」

黎楚解決了嘴裡的食物後道：「怎麼，我不能一個人玩耍嗎？」

沈修道：「我說過，不會控制你的行動，但也說過你要跟著我。」

黎楚挑眉道：「這是要把變數牢牢控制在自己旁邊，嚴加看管的意思嗎？」

「你可以這麼認為。」

黎楚想了想：「今晚……你要去做什麼？」

「安德魯死了。」沈修道，「他原本應該進行一項清理工作，暫時沒有人手可以替代，所以我親自走一趟。」

黎楚饒有興趣地繼續問道：「很危險吧？如果SgrA裡沒有人可以接替，還需要你去才能搞定的話。」

「不算危險，要處決的契約者能力較為特殊罷了。」沈修淡淡道。

「看來不需要我幫忙的樣子啊。」

「我帶著你，不是要你參與戰鬥。你不造成更大的麻煩就已經夠了。」

黎楚攤手道：「好吧，你去『清理』，我去那附近找一家速食店坐著。」

事情就這麼定了。

在見到沈修之前，黎楚並不清楚異能世界裡大名鼎鼎的「王」如何生活，不過看樣子，沈修的生活也並沒有太特殊的樣子——比如在五萬平米的床上醒來，身邊環繞著後宮粉黛三千之類的。

沈修唯一比較與眾不同的地方就是，因病而不得不經常坐車出行，不得不晝伏夜出。

於是這天晚上，黎楚坐在沈修旁邊，直接抵達了目的地。

一家速食店。

而且是地鐵附近，一看就知道營業額不低的速食店。

當然，這裡已經被徹底封鎖了，除了店門緊閉之外，還將所有玻璃都遮蓋了特殊材料，確保外面的人不會看見，也不會聽見裡面的動靜。

這當然是為了封鎖消息，在這個國家，不允許任何有關異能的事情透露出去，一旦普通人察覺了蛛絲馬跡，就會被用類似催眠的手段抹去記憶。

黎楚跟著沈修從內部通道進入了速食店。

裡面站著三、四個人，其中至少有一半是契約者，但無論是何身分，看到沈修時他們無一例外都低了頭，恭敬地讓路。

他們一讓開路，黎楚就得以清楚地看見幾人圍著的東西是什麼。

一具乾屍。

一具年齡在二十歲上下的女性乾屍。

她「乾」得極為可怕，全身皮膚龜裂，難以分辨的臉上身上到處都是道道溝壑，像是血管陡然變成了乾涸的坑道，縱橫交錯成了一個皺巴巴的人形。

也許已經不能稱之為人形了，這具嚴重失水的軀體也因此乾癟蜷曲成了一團骨和肉，被完好的衣物包裹著，下肢扭曲成比剛出生的嬰兒還要小的一小團，胸口整個凹陷，只有頭顱因為骨頭的存在而勉強沒有變形，但面孔整個嵌進了後腦勺。

而她乾得可以看見骨頭形狀的手，被一副手銬銬在了速食店的椅子上——那張椅子焊死在地上。

據說她是失血過多而死。

可以想見，這個剛上大學的女孩是怎樣被銬住，又是怎樣被活生生抽乾血液，虐殺至死。

沈修低頭檢視著屍體時，黎楚已經將視線挪開，到處觀察這家速食店的情況。

一名契約者站在後面，得到沈修點頭同意後才開口說道：「案件的情況和前幾件吸血案相同，死者都是年輕的人類女性，血液被抽乾而死。現場的人類都被清理過記憶，而且清理得很乾淨，沒辦法復原。另外之前有從犯嫌疑的幾個血族都還在特組『喝茶』，所以可以排除。李組長說確定是『牧血人』戴維做的。」

「李明鑒？」沈修道。

「是的。」契約者肯定道。

沈修點點頭，沒有再說什麼，顯然認同李明鑒的判斷。他簡單地看了看周圍環境，見到黎楚站在角落裡，不禁略微一頓。

黎楚用手指頭抹過牆角處和速食店的垃圾桶底下，發現一塵不染，就正好察覺到沈修的視線，當下回過頭說道：「和我說說這個『牧血人』戴維。」

那名契約者看了沈修一眼，見他沒什麼表示，但想到黎楚終究是他帶來的人，便說道：「『牧血人』戴維，已知詳細外貌，能力有九成以上的可能是操縱血液和細胞液，具體能力參數不明。他從去年七月開始獵殺年輕人類女性，至今殺死了二十七名女性並搾乾取走體液，目的不明。共生者不明。」

這就是戴維的大概情報。和普通人類的世界不同，對契約者來說，外貌、國籍、社會地位等等都是無關緊要的東西，一個人真正重要的東西只有三項：能力、共生者，還有他做了什麼。

是的，在契約者的世界，連證據都不需要，因為有的是人和能力，可以完全確定事情的真相。比如說，國家編制的特組裡，一個叫李明鑒的人。

沈修知道他，黎楚也知道。這個人是國家異能界的招牌之一。

李明鑒說是戴維做的，那麼剩下的事情就只剩一樣——處決戴維。

靈魂侵襲

2

沈修已經看完了屍體，但黎楚還沒有。

黎楚若有所思地掰開這具乾屍扭曲在一起的肢體，模擬了一下她死前的動作。

大概是由於一隻手被銬在地上，另一隻手撐著自己的上身，被打斷的兩腿拖在地上，而急於掙脫手銬的動作則使得脊背弓起。

黎楚摸了一下乾屍嶙峋的脊骨，在皺縮的皮膚間找到了一條裂口，不大，但極度狹長，直接破開了死者的大動脈。

「他是從這裡取血……」黎楚喃喃說道，「從頸側大動脈，抽走了全身的血液。這很乾淨，他還不厭其煩地把脖子周圍都用酒精擦過，確保抽取的血液絕對純淨，這樣的人一定是帶了乾淨的容器。」

黎楚又抹了桌子一把，上面一塵不染。

「做過魯米諾反應了？」他問道。

有人答：「做過了。沒有反應，房間裡沒有任何血液殘留。」

黎楚嗯了一聲：「顯而易見，他能夠控制鮮血，當然可以不留下一點痕跡。他還很謹慎，附近的地方都『打掃』過了，用能力以其他體液直接鋪了一遍。這些打掃用的髒東西他不會帶走才對，再加上一個成年女性體重百分之八重量的血液……這個無所謂，更重要的是，我發現他似乎行動不便。」

聽到最後一句，幾個興致缺缺的契約者忽然有了興趣。

「為何說他行動不便？」有人問。

黎楚再抬眼看向他時，並沒有掩飾自己眼中散發出的博伊德光。

「他全程只站在這兩個位置，能站著不動就盡量不動。你看——哦，抱歉你看不見，從這個角度看過去，凡是有遮擋的地方，就收拾得比較隨便。他看不見這些地方，以他的潔癖來說，必定很想全方位都打掃乾淨，但他卻不肯挪動哪怕一步去清理這些地方……所以我判斷，他的雙腳有某種程度上的問題。」

「明白了，這麼說，只需要查看地鐵站的所有監視畫面，找到腿部有殘疾或者缺陷的人，就可以縮小範圍——」

「沒有監視畫面，我看過了。」黎楚懶懶道。

幾人都看向沈修，想得到一點指示。

沈修卻不需要他們，只對黎楚道：「走吧。」

黎楚就跟著沈修，從原路走了。

幾名契約者過了好一會兒才開始說話。

「那位是……東區的王？」

「真的是嗎？我本來還不敢肯定，看見隊長縮得比烏龜還老實，才反應過來哎！」

「我操，他看起來除了帥一點、冷一點，怎麼就……」

「停！忘記我說過什麼了？你們這群不知天高地厚的兔崽子，有些話是不能說的！出門前我就囑咐過，這次事情鬧得很大，看見教區的主教就算了，SgrA的王親自來過問，這種人是可以背後議論的嗎！」

「好吧，隊長……我就想問一下，剛才那個黑髮的契約者你見過嗎？」

「沒有，似乎也不是SgrA的新成員。最近SgrA開過一次會議，不過應該是為了處理安德魯的死訊。」

「唉，三個情報員調查，至今還是不知道安德魯被誰所殺……SgrA的水深得很。」

「光是剛才，王身邊帶著的人也沒有露過臉，不是一樣深不可測。」

兩人回到車上。

沈修坐在後座，取出一臺不知名的平板電腦，偶然手指滑動一下，似乎在看資料。

黎楚不必使用能力也能猜到，他應該在查閱有關「牧血人」戴維的資料。片刻後，沈修打開手機，撥通了一個號碼。

「薩拉，找到編號NF-4246號目標，公開白色信件，對特組和黑主教各自發出聲明。另外，今晚的事情都推了，我會親自解決目標後回去……嗯，不礙事，替我接通馬可。」

電話那邊轉接給馬可之後，馬可立刻明白了一切情況，沈修再沒多說一句話，只聽了片刻，對司機說道：「左轉，去十一號街道。」

駕駛座上仍是那個多話的女孩，她十分敬畏沈修，一句話不敢多說，默默當著司機。

二十分鐘後，銀白ＳＵＶ停在了街道一角。

黎楚看了看手錶，下午兩點半。

他們到達時，一枚神似煙花的小型ＳＭＭ彈射入天空。

ＳＭＭ彈又稱精神催眠彈，發射後會在離地四十米的高空停下，懸浮約四十秒，在此期間會啟動其中裝置，不斷向外輻射催眠波動。這種波動是從精神系契約者的能力波動中提煉出來，常人和共生者容易接受這種波段的特殊催眠波，繼而按照其中事先準備好的指示進行行動。

這一枚小型SMM彈是專門用以驅散人群的，當它在天空中耗盡能量，自燃並且掉落下來後，這片街道上的所有普通人都接收到了精神暗示。

他們不會失去意識，但是會打從自己心底覺得「該離開了」，從而催促自己離開。這種暗示不需要植入「為什麼離開」，因為「離開」屬於淺層次命令催眠，一般人會在執行命令以後，在潛意識裡為自己找到一個藉口，並且堅信自己是因此離開。

人是很會為自己開脫的生物。

一刻鐘後，區域內最後一個普通人行色匆匆地離開了。

沈修依然不急不緩地看著平板。

黎楚望向車窗外。他沒有看見直升機，或特組的專用車，這片街道甚至沒有設置路障和任何一個戰鬥人員。

要知道，這個國度對異能界的看守十分嚴密，任何不在清掃區內的衝突，都會有專人負責監控。如果現在這片區域真的和表面上一樣，沒有特組人員，只代表了SgrA的權力比黎楚想像中更大——通過發出聲明，就能夠擁有全權處置的特權。

三十秒後，沈修的手機響了起來，他接通後簡單地「嗯」了一聲，以示自己有聽見。

現在，至少五條街以內，只有四個活人存在，除了這部車裡的三個，就是「牧血人」戴維。

司機女孩從前座遞來一個小皮箱，沈修從裡面取出一副墨鏡、一雙手套戴上，然後打開車門，撐開純黑的遮陽傘。

黎楚一邊想著「原來如此，白化症不能直視強光，為防止這一點被敵人利用，戰鬥時必須戴上墨鏡」，一邊跟著從車裡走了出來。

沈修沒有回頭，淡淡道：「你不需要出來，在這裡等我。」

黎楚道：「放心，我沒打算跟著你，只是想去那家店坐坐。」

沈修回身看去，不遠處有一家海鮮餐廳，裡面滿桌大餐無人問津，無論客人還是店家都跑光了。

黎楚雙手插在口袋，懶洋洋走進店裡。

沈修決定不管他，拿出手機隨意看了看，向著另一拐角處走去。

黎楚看了沈修的背影一眼。他竟然真的一點都不擔心自己的共生者被牽扯進戰鬥裡？如此有自信？

共生者畢竟與契約者不同。

契約者的精神內核會發散一種名為乙太的物質，滲透進契約者身體的每一部分。這是一種博伊德光絕緣體，能阻止不屬於自身的博伊德光進入體內，也就是說，類似牧血人戴維的控制血液能力，無法控制除自己以外的契約者的血液。

但共生者沒有精神內核，他們體內的乙太源於自己的契約者——這也是為什

靈魂侵襲

麼體液交換後會遮罩伴生特性的原因。他們的乙太濃度越接近，精神內核就越認為他們是一體的，伴生特性就會越薄弱。

乙太代表的是契約者能絕對掌控的自家後花園，共生者就是定時開墾一下也能用的擴展後花園。

黎楚這樣的情況對沈修來說，大概就是後院起火的典範。

3

黎楚走進海鮮餐廳，隨便挑了一把椅子，調整方向後坐下，面朝著門外。

室內很暖和，他將外套脫了，隨便掛在椅背上。

這家餐廳的裝潢很講究，隔斷室內外的不是玻璃，而是養著許多魚的水族箱。黎楚坐在裡面，透過水族箱裡悠哉游動的魚兒，可以看見外面的街景。

黎楚百無聊賴地玩手機，刷微博，等了一會兒，想：「那傢伙也太紳士。來抓人要磨磨蹭蹭，現在在和戴維聊天？聊完了再抓？」

他抬頭看了看天色。

就在這一瞬間，隔了一條街的不遠處驟然爆發出一陣強烈的博伊德光。

這陣光持續了兩、三秒，強烈到連下午三點的太陽也黯然失色，黎楚不得不抬手略微阻擋。

光芒消失後，黎楚依然從容地坐在位置上，並不使用能力進行分析，而是瞇眼隨便看了看。

那條街道很快有了新的動靜，先是一座三層樓高的平房毫無預兆地向內坍塌，繼而是路上兩排白樺樹齊齊抖動，葉片飄得滿天都是。

不久，一道人影從其中激射而出，落在黎楚對面的高樓上。說是「落」，不如說是奇怪地摔在樓頂，他四肢扭曲，運動時軌跡很奇特。

接著是沈修，輕巧落在了另一座大樓頂樓。

兩人在遠處說話，黎楚聽不清楚。

他低頭又刷了兩條微博，準備進行評論時，忽然聽見腳下出現不同尋常的聲音。

黎楚抬頭確認了一眼，戴維和沈修兩人穩穩站著，似乎在進行談判。但屬於契約者的警惕使得他站起身，仔細分辨周圍的聲音，片刻後開啟了能力。

閉上眼，截下從鼓膜傳遞來的每一道微小聲音，在精神內核拆解成細微的線索。他忽然蹲下身，將手肘撐在地面上，聆聽地底下幾不可聞的聲音。

那是在管道內汩汩流動，朝沈修的方向急速聚集的——

血！

它們在通水的管道中流淌，像在巨人的血管裡奔流，詭異而令人作嘔的聲音在地底回響。

毫無疑問，這是戴維準備的殺手鐧。他想暗算沈修。

「操縱血液……真是噁心的能力。我本來不想干涉的，但你也太噁心了。」

黎楚摸了摸手臂上的雞皮疙瘩，對這感覺頗為新奇。他站起身，慢條斯理地捲起袖子，拎起自己剛才坐著的木椅。

黎楚拎著椅子走到門外，找了個消防栓，三！二！一！

「匡——匡——」

連砸了兩下，消防栓終於脫落，一道觸目驚心的猩紅瀑布瞬間噴薄而出！

這些血黏稠而腥臭，彷彿從流毒的膿包裡擠壓而出，噴濺出至少兩米的高度，將地面全都染紅。

黎楚躲閃不及，被濺了半身，嫌惡地丟開椅子，重新走進店裡。

不遠處突如其來的動靜使沈修略一分神，而在見到鮮血瀑流的那瞬間驟然明悟，明白了戴維的打算。

下一刻，對面猙獰的人形猛然一晃，筆直落下高樓。

沈修當即盯住他，冰藍色眼中散發出銳利的博伊德光——

人影下墜趨勢猛地一滯，但很快他身上發生了詭異的扭曲，從皮膚毛孔中滲出鮮紅血液，全身咯咯作響，出乎意料地脫離了沈修的能力掌控，繼續向著地面徑直飛去！

與此同時，黎楚剛走進店內，忽然有所察覺地猛然轉過頭。

透過魚群愜意游動的水族箱，對面大樓落下的影子上，兩道有如獰惡毒蛇一般的目光，狠狠釘刺了過來。

戴維發現了他！

這一刻，兩人相距不超過五十米，一人站在店內，一人正在急速下墜。而黎楚半身都是血，一旦被號稱「牧血人」的戴維使用能力，必然有死無生！

就在這兔起鶻落的時間裡，黎楚猛地扯開身上染血的襯衫，向著店外拋去。

下一刻，眼前一片猩紅血色，襯衫已然爆裂成齏粉！

黎楚就勢一滾，滾到身後的餐桌底下，恨鐵不成鋼地嘆了口氣。

「唉，怎麼就這麼蠢，不知道水會折射光線嗎？你隔著水族箱瞄準我，也不計算一下折射率，擺明不可能命中。」

五十米外，充滿血色的人影終於落地。

他渾身骨頭幾近粉碎，內臟破裂，哪怕是黎楚都決計不可能生還，但令人驚悚的是，他還在動！他如同一團碎肉般從地上拱了起來，臉上的肉像豬肉一樣垂著，下巴完全脫落，直接從黑洞洞的喉嚨中發出了呵呵的怪異聲音。

沈修從樓頂一躍而下，將落地時速度一緩，長腿安穩落地，面對著眼前的怪物。

「我沒有准許你動他。」沈修冷冷道。

碎肉般的怪物發出咯咯怪笑。

鮮血有如奔流一般從街角、管道、井蓋、店鋪中流淌出來，在眼前匯聚成猩紅汪洋，占據三層樓的高度後山呼海嘯般地向著沈修沖去。

沈修就站在原地，銀髮在血河帶動出的風中微微拂動。博伊德光從他瞳孔中心蔓延出來，很淺，很淡。

那怪物就在這淺淡的光中驟然發出了窒息聲，他在半空中翻滾、扭曲，有如被無形的手揉成了真正的一坨碎肉，繼而狠狠抽搐，被甩在地上，沒了聲息。

鮮血洪流猛地一滯，繼而暴漲成鋪天蓋地的海嘯，攜帶著更加驚人的氣勢，向著沈修席捲而去！

黎楚的牛仔褲上都是血，但是再嫌惡，也不能就把褲子脫了，至少他不會這麼做。

他從褲子口袋裡摸出了剛從薩拉那兒領的手機，撥通了唯一的一個號碼——

沈修的號碼。

黎楚向外看去，眼前一片血光照射進來，水族箱中的魚兒有如徜徉在血海中。

「嘟——嘟——」

電話接通。

「我是沈修。」沈修的聲音冷淡地傳了過來。

黎楚懶懶道：「沒什麼，提醒你一聲。你看見的那個怪物是戴維的傀儡，他通過操縱那具肉體的血液來控制其行為。真正的戴維在你東偏南三十四度，距離約六十四米，高度約九米的地方。」

「我知道了。」

沈修掛斷電話，站在原地。

猩紅巨浪在他身前半米處不斷沖刷，有如撞到了看不見的深海礁石，徒勞無功地在地面上流散。

靈魂侵襲

沈修看了看天色，收起傘。

鮮血狂潮無聲分裂，留出一條兩人寬的道路，如同摩西杖下的紅海。

沈修從中間走了出去，衣角髮梢，纖塵不染。

4

黎楚身上都是血，隨便找了個水龍頭來回沖洗了幾次，仍感覺還有血腥味，不由得頗為後悔。

「早知道不幫沈修計算戴維的位置了。」黎楚心想著，「SgrA 的王總不至於打不過一個牧血人。」

向窗外看一眼，鋪天蓋地的血色都不見了，那地獄般的場景彷彿只是一場夢。

就像黎楚想的那樣，沈修很快回來了。

戴維跑了。

他在沈修察覺到自己方位時，十分警惕地轉身就跑，直接跳進了下水道系統。通過召回街道上的血液填充下水道，他將自己裹在鮮血中，像血管中的小小一枚白細胞一樣，在幾分鐘內就流竄出了幾公里。

沈修是不可能在地面上直接追到的。這不只是速度上的問題，地面上總是有很多障礙，各種意義上的障礙。

沈修看到戴維跑進下水道的時候，就直接轉身往回走了。

黎楚看起來有些狼狽，赤裸著上身，牛仔褲也濕透了，而且整個人被冷水洗了幾回，頭髮還濕漉漉地貼在額頭上。

但他本人依然看起來很從容，看見沈修後打了個招呼：「沒追到吧？什麼時候再去抓？」

沈修的目光從黎楚淌著水的髮梢，看到凍得發紅的腳趾，片刻後，似乎有些不悅地說：「你的衣服呢？」

黎楚道：「髒了。」

沈修脫下外套，而後丟給黎楚，自己則穿著雪白的襯衫，一言不發地向外走。

……「死傲嬌」是不是就該用在這裡？

黎楚想著，將外套披上後，追上沈修，順便帶上他的傘。

沈修察覺頭頂的陽光被傘遮蔽，看了黎楚一眼，沒有說什麼。

先前默默開走的ＳＵＶ神不知鬼不覺地開了回來。

後座上擺放著一套完整的衣物。

沈修摘下墨鏡，打開手機，對電話那頭說道：「馬可，重新定位戴維的位置，直接傳給車載ＧＰＳ。轉告薩拉，撤回白色信件，將這附近收拾一下。還有，我會在十點前回去。」

黎楚默默坐在後座上，把衣服換了，心想：馬可應該就是SgrA未出現過的情報專家了，看來能力十分強大，簡直無所不知……

司機女孩一邊等著馬可將目標地點傳過來，一邊頻頻從後視鏡偷瞄後座的兩個人，想：發生什麼事了，為什麼King衣衫楚楚的，黎楚卻衣服都沒了還好像洗過澡……不不不不我一定想多了……

幾分鐘後，車輛再次開動。

黎楚雙手交疊，慵懶地靠著車窗，閉目安坐，心裡不停盤算：沈修的能力究竟是什麼？

沈修解開襯衫最上方的釦子，垂頭翻閱著馬可剛送來的幾張紙本資料，修長的食指有節奏地劃過紙張邊緣，心中思忖：黎楚的能力究竟是什麼？

十分鐘後，ＧＰＳ導航的終點目標終於停止在了固定的位置。

司機女孩看了位置一眼，滿腹牢騷地把車開上了高速公路——戴維通過地下管道一路流竄到了鄰市。

路途較遠，天色已經暗了下來。

車內一直保持著尷尬的沉默，唯有沈修翻動紙張的聲音時不時傳來。

司機女孩終於忍不住這氣氛，悄悄打開了廣播。

廣播一出來，就在放著歌。

啊……

把諾言肢解

句句碎屑

把柔情肢解

片片含血

司機女孩小心地看了後視鏡一眼。

只見黎楚和沈修在聽到歌詞後，幾乎同時皺起眉，異口同聲道：「換頻道。」

女孩嚇了一跳，連忙換了個頻道，這次是熱門的知心姐姐橋段。

歌聲停止了，黎楚把窗打開了一條縫，吹了吹風，這才感覺沒有那麼噁心了。

——畢竟下午剛被噴了一身血。

黎楚輕輕吁了一口氣，這種噁心的感覺對他來說也挺新鮮的，但是他不怎麼想體驗第二次就是了。

氣氛稍緩和了一些，廣播裡，一個男聽眾撥了熱線，剛接通就迫不及待地控訴道：「知心姐姐，我實在忍不住了！我男朋友老是親我！」

知心姐姐：「……」

司機女孩：「……」

黎楚看了廣播頻道一眼。

男聽眾道：「知心姐姐，妳上回說的那種渣男是不是真的存在呀？我感覺我男朋友就是那樣，總是嫌棄我，連看個電影都推三阻四！每次我們在一起，他就迫不及待只想開房間，然後我們就接吻，然後一起洗澡，順便幫忙脫衣服，然後……」

「咳咳咳！」知心姐姐尷尬地打斷道，「這位聽眾朋友，咱們時間有限，你能……簡單地說說你和男朋友之間的問題嗎？」

男聽眾委屈地道：「我男朋友好像有接吻渴望症一樣，每天都要親滿三分鐘，少一秒都不行！我要是不親，他就發脾氣，罵我不夠愛他！」

黎楚：「……」

沈修終於抬頭，看了黎楚一眼。不巧這一秒剛好兩人都在看對方，看到對方的眼神後都猝不及防，沈修立刻挪開了視線。

黎楚愣了一下。

男聽眾仍在喋喋不休地說：「知心姐姐，妳說什麼是愛呀？我男朋友每天都向我索吻，他說他是因為太愛我了，所以一定要每天八點前和我接吻才會安心，他還說我每次都不情不願的，是因為我愛他沒有他愛我多。可是……可是我也很愛他呀，不然我為什麼要每天遷就他啊，他一想接吻就不分場合，人家都快害羞死了……」

黎楚：「……」每天八點，約定索吻……什麼的……

沈修：「……」

「好，這位聽眾朋友，我們的時間到了，歡迎您下次再來電。」知心姐姐艱難地熬了半天，終於鬆了口氣，「讓我們來聽聽下一位觀眾的來電。」

司機女孩尷尬不已，偷偷看向後座，發現兩人似乎都若有所思。

她把廣播音量調小了一點，打哈哈道：「呃，呵呵，挺晚了呢，都八點了……」

沈修：「……」

黎楚沉默片刻，重複道：「八點了。」

沈修一言不發，伸手抬起黎楚的下頜，俯身吻了下來。

黎楚順從地被他壓制在稍低的位置上，仰頭承受著這個約定中的吻，因為姿勢較為不便，將一隻手環到了沈修背上。

沈修動作稍停了停，右手改為托住黎楚的後腦勺，終於專注地吻了起來。

司機女孩不經意間瞟了後視鏡一眼。

啊啊啊啊啊啊！親——上——了——！為、為什麼啊啊啊啊啊！

但是……

麻麻啊真美好啊！太養眼了嚶嚶嚶……

5

夜間，華燈初上。

郊區的一處偏僻街道，駛過一輛ＳＵＶ。

司機是個年輕女孩，一邊開著車，一邊頻頻看著ＧＰＳ上的路線圖，當那條導航線漸漸縮短直至盡頭，便停下車。

這個地方雖不算荒郊野嶺，但也沒什麼人跡，街道左右都被圍牆圍了起來，可以看見野草肆無忌憚地長在人行道裡側，道邊圍著正在施工的標誌，但也看不出哪裡在施工。

車子甫停下，沈修的手機便響了起來。

沈修接通電話，側頭向窗外看去，路燈的光照亮他的半邊側臉，每一處折角和弧線都冷峻而凜然。

他聽電話那頭的情報員馬可講述了片刻，嗯了一聲示意自己已經知情，便掛斷電話。

黎楚道：「我跟你去？」

沈修同時道：「跟我走。」

兩人對視一眼，一前一後下了車，沈修吩咐道：「站在我看得見的地方。」

他吸取了經驗教訓。

像黎楚這樣不安分的「共生者」，留在身邊保護著，比遠遠地關著他，要安全得多。

更何況，這世上再沒有什麼地方，比王的身側更安全了。

黎楚跟著沈修走了兩步，便看見人行道外邊有個敞開的水溝蓋。

沈修拿著一個亮度溫和的手提光源，向底下黑洞洞的入口照了照，似乎很深，並且旁邊的梯子已經被人為撬走了。

「要下去？」黎楚伸出手，小心地變換著手掌的角度，感受到極其微小的一絲風。他開啟能力，資料顯示，底下有大約十米深的寬闊空間。

黎楚想了想道：「看不到下面的情況，我自己沒辦法安全落地。」

沈修的視線在黎楚的腰上略作停留，又看向他的手，似乎遲疑了一瞬。

黎楚看到他的遲疑，心想：嘖嘖，他討厭我？是因為我威脅他，還是因為我「強吻」他？

正在黎楚想辦法自己下去的時候，沈修道：「我先下去，你直接跳下來，我會接住你。」

話說完，他縱身進入了下水道，很快底下傳來輕輕的一聲水聲。黎楚向下看去，看見沈修將手提電源的光打上來，提醒他跳下去。

黎楚只得跟著跳下去，落地時感覺身體一輕，便輕鬆站穩了。

沈修眼底的博伊德光一閃而逝，見黎楚安然無恙，就轉過身去，朝某個方向走去。

黎楚跟在後面，張開一隻手掌，通過無聲無息的空氣流向、腳底下薄薄一層積水，和骯髒牆壁上的微弱振動，無數資料為他填充這個巨大地下空間的大致構造。

有人改造了整個下水道，不但將管道系統引去了別的地方，還挖掘出一個巨大的空間。這個下水道通路看似正常，但兩邊牆壁是中空的，一種液體在其中極其緩慢地流動。

聽那沉悶的汩汩聲。

是血。

沈修腳步一停，將手提燈切換了模式，大面積的光照亮前路。

一根鮮紅的石柱擋在前方，手提燈的光向前照去，以此處為分界點，前方的道路和牆面忽然變得整齊而平整，泛著暗紅的色澤。

黎楚若有所思地打量石柱，抬頭見頂上有精美的浮雕，道：「還挺有耐心的……這是仿科林斯柱式，看來某人想在底下鑄一座宮殿出來，哼哼。」半帶嘲颯地笑了一聲，黎楚使用能力，見石柱上浮現一排排瑩綠色的參數。

比重：2970-3070kg/m3

耐壓強度：2500-2600kg/cm2

彈性係數：1.3-1.5x106kg/cm2

吸水率……

黎楚咦了一聲，將手指放在石柱上，片刻後，眼中博伊德光的強度直線上升，在他瞳仁外圈形成一道圓環，受到強大能量場影響的髮絲輕輕飄起。

這是黎楚重生以來第一次以高強度使用能力。他眼前的景象分解成了不斷流動的資料洪流，無數資料不再以字體方式浮現，而是成為一道道承載著巨量資訊的光芒，在每一寸牆面、每一縷空氣中來回竄動。

目光所到之處，物質世界毫無祕密可言。

此時此刻，黎楚是這個資料世界的王。

他向資料下達命令，一切需要的資訊便化成光，疾馳而來，沒入他的掌心。

沈修感受到一股如有實質的氣場，回過身來看他。

黎楚道：「還是血。」

他停下來，喘了口氣，懶洋洋道：「看這石柱的物理參數，我差點以為他挖了一座大理石礦搬來，原來是強行拆解血液的分子結構，凝固成固體。看來這座『宮殿』，全是由鮮血鑄造的。」

沈修不置可否。

黎楚道：「看來，我低估了戴維的能力強度，而高估了他的智商。一個連水面折射都能忘記的人，想造出這麼個『宮殿』來，也挺有耐心的。不過在我看來，真正的威脅還是血液本身。

「這些固態血液，來自至少兩千兩百人，各種血型、各種來源，於是就融合了各種疾病……哼哼，其中還有白血病和愛滋病。如果我沒猜錯，恐怕這個『牧血人』戴維，很快就要死了。」

沈修道：「我知道了。你遠離這些血，不要被感染。」

黎楚：「你似乎毫不擔心？」

沈修轉過身去，用一種不緊不慢的語調反問道：「為什麼擔心？這種級別的契約者，對我來說，算不上威脅。」

兩人又向前走了一會兒，停在一座巨門前。

這座門依然通體暗紅，純以血液凝固而成。其上刻著一些似是而非的雕紋，門的兩旁分別有一個赤裸的少女浮雕，她們姿態纖美，舒展著雙臂，雙眼處空洞無物，正面對著闖入者。

黎楚看了看其他雕紋，又看了少女浮雕一眼，嘆了口氣：「他沒那個雕刻水準。這兩個浮雕，八成是用人體直接澆鑄的。」

沈修抬手，大門轟然洞開，眼前是狹長而乏味的大廳，盡頭處擺著個孤零零的王座。

靈魂侵襲

6

宮殿深處，有一座十米見方的巨型血池。

血液在其中黏稠地流動，從中伸出數十道觸鬚一般的血流，在半空中彷佛凝固一般，緊密地圍繞著兩個人影。

他們很瘦，瘦得可怕，全身幾乎都是屬於骨頭的輪廓，世上再沒有誰比他們更適合「形銷骨立」這個詞了。

這是一對父女。

其中一個就是「牧血人」戴維。

他用傀儡與沈修對峙了短短幾個回合，本體便被黎楚發現，隔著五十米遠被沈修看了一眼，便感到內臟受到了重創，不得不發動能力，從下水管道系統一路逃回了老巢。

在血池浸沒了許久，戴維使用能力為自己填上內臟的創口，然而想癒合恐怕還需要很久。

他慢慢從血池中出來，看見女兒伊莎貝爾熟睡在半空的血巢中，蒼白的臉上流露著痛苦之色。兩道血流分別從伊莎貝爾的手臂、大腿動脈流淌，替她維持一個脆弱的血液循環。

戴維乾瘦的臉上面無表情，小心地俯下身，飲用了一口伊莎貝爾的鮮血。

伴生特性很快就因為這口血液而消退，在戴維冰封了感情的心裡，驟然湧上一股痛苦，和難以言喻的愛意。

這種痛貫徹骨髓，讓人難以忍受，但這是愛的代價。

「貝拉，別怕，不會再痛了……」

戴維小聲地說，臉上帶著溫柔，「爸爸會救妳的……不管發生什麼事，都會救妳。妳生了病，都是爸爸的錯，不該用自己的血來救妳的，爸爸的血太髒了，太髒了……

「別怕，貝拉，爸爸找到方法了。這個國家有這麼多年輕、健康的女孩子，她們可以自由自在地上學、談戀愛、結婚，我的小公主貝拉怎麼能失去這些呢？爸爸有多想幫妳綁上兩條小辮子，讓妳穿上蓬蓬裙，看著妳長大，看著妳上學、跟爸爸鬧彆扭，看著妳愛上一個別的男人，然後親手把妳的手交給他……爸爸才能安心死去啊。」

戴維低下頭，淚水緩緩從眼角順著皺紋流淌出來。

「我快要死了，貝拉，爸爸要死了……可是爸爸還沒能救妳啊！神啊，我的貝拉那麼小那麼無辜，為什麼要遭受這種不幸！那麼多女人……那麼多女人居然沒有一個人擁有純潔無瑕的血，可以給貝拉換血！

「我只是想救妳，貝拉，爸爸的小公主，我怎麼能在妳得救前死去？就算爸爸再髒再累，爸爸殺了那麼多人——犯了那麼多罪，做錯了那麼多事，就算要像老鼠一樣苟延殘喘，爸爸也一定會救妳，救了妳我才敢死……」

一滴淚水落在伊莎貝爾的手背上，戴維突然驚惶地後退，用血流小心地抹掉了那一點水跡。

「對不起，對不起貝拉，爸爸不是故意的，我這麼髒……」

與此同時。

沈修和黎楚繞過大廳，進入了這座地下宮殿的後半部分。

黎楚聊天道：「身為 SgrA 的王，你還會單獨出任務？」

沈修道：「契約者的能力千奇百怪，有一些能力，沒有特殊的應對方式，即使是老練的成員，也很容易喪命。」

黎楚道：「喔，很有道理。這個『牧血人』的能力確實有些麻煩，最好能遠距離使他喪失行動能力……這麼看來，原本安排會使用超音波的安德魯來處理這件事，還真是挺明智的，可惜被我殺了。不過，你也很有自信，難道所有棘手的麻煩，你出馬的話都能解決？」

沈修停下腳步，將手提燈的光打到某一個少女浮雕上，隨口道：「當然。」

緊接著，在慘白的燈光下，這名「少女」從牆體慢慢地脫落下來了，它身後連接著數十條血紅的帶子，看起來就像機器人背後的傳輸線一樣。

它用奇怪的姿勢站了起來，然後開口說道：「你們……還是追來了。」

沈修道：「現在，放棄抵抗。我不會殺你。」

這具傀儡張開雙臂，白得驚人的手臂上逐漸滲透出密密麻麻的血絲。

「對、對不起……我不想殺人……我真的，嗚嗚嗚嗚嗚——」

伴隨著淒厲悲涼的哭聲，周圍牆體中「少女」們慘白的身軀都落到地上，齊齊發出了哭泣一般的聲音。

血液，從牆面上融化，流淌在地，少女們走在血泊中，乾淨的腳面瞬間染成鮮紅。

黑暗裡，雪白的肢體靜靜蜂擁而來，一雙一雙黑洞洞的眼睛，直直盯著沈修和黎楚二人。

這次，黎楚油然體會到了一種頭皮發麻的感覺，不禁後退一步看向沈修的背影。

沈修動也不動，挺拔的身影散發一股威嚴的氣場。不可否認，此時此刻站在王的身邊，總是能給人帶來一種受到強力保護的安全感。

沈修右臂微抬，隱隱有護著身後黎楚的感覺。

他說道：「冥頑不靈。」

話音落，手提燈猛然發出喀一聲輕響，周遭一切光線都黯淡了一瞬，空氣彷佛自發退避一般四散。

緊接著，一股極其可怕的力場以沈修為中心猛地爆發開來，強烈的博伊德光甚至有剎那令黎楚感到刺目。他站在沈修旁邊，力場的中央，像站在風暴眼中，幾乎毫無感覺。

但眼前詭異的傀儡們卻被海潮席捲，四散飛了出去。

黎楚感到耳膜嗡然一響，戴維死氣沉沉的力場被一掃而空，暗紅牆壁內流淌的血液失去了生機，傀儡們被按在牆上牢牢壓制，徒勞地扭動軀體。

靈魂侵襲

沈修回過頭，博伊德光從他銀藍色瞳孔中發散而出，面容冷得不像凡人。他說：「走吧。站在我身邊。」

他的能力略回收了一些，周圍的空間才沒有了可怕的力場壓制，手中的燈也能夠繼續發光了。

沈修走在前面，地面的血像冰雪般在他前進的道路上消弭。

黎楚從沈修的氣場中，體會到了一種洪荒猛獸般的氣息，那野獸桀敖且狂躁，和沈修的理智與克制截然相反，僅僅是一瞬間的氣息發動，就彷彿擇人待噬，充滿了驚心的壓迫感。

——屬於王的力量。

黎楚向來平穩無波的心裡，又感到了從未有過的情緒。

那是身為契約者，本能地對強大存在的敬畏，亦有一種因為首次擁有的敬畏感而生的躍躍欲試、蠢蠢欲動之心。

有如精明的獵豹試探著拔獅子的鬃毛一般，越怕，越迫不及待。

7

「牧血人」戴維終於現身了。

他渾身包裹著一層流動的血殼，看起來就是一個紅色的人形，只有眼睛和嘴巴留了黑洞洞的口子。

他坐在輪椅上，孤零零地等在走廊盡頭，身後是一扇門，那裡通向了他最後的宮殿。

宮殿裡躺著他的小公主伊莎貝爾，他退無可退。

沈修在十米遠處站定，黎楚就在他身側。

他們都看著對手的眼睛。對契約者來說，發動攻擊的前奏必然是眼中亮起了博伊德光。一旦誰有了動手的前兆，戰鬥將一觸即發，如果不是在幾分鐘內乾脆俐落地分出勝負，就勢必難以將對方格殺當場了。

「你們……是什麼人？」

戴維的聲音很虛弱，在空蕩的走廊微弱地迴盪。

即使不發動能力，黎楚敏銳地從他的聲音中聽出了一絲懼怕的情緒，心下了然。戴維回到這裡後一定接觸了他的共生者，遮罩了伴生關係，所以重新獲得了感情。

也許可以利用？

沈修答道：「我來自SgrA，將以王的名義，審判你的罪行。」

戴維說話很慢，音調也十分低沉。

「王啊……我從來，只聽說……卻沒見過的……存在。你們要來殺我嗎？」

沈修道：「我不會殺你，只是將你帶上法庭。法律會宣判你的罪。」

戴維坐在輪椅上，微微低頭，彷彿在思考：「法庭……我在這世上，從沒有見過……審判契約者的法庭。你……在騙我，想將我帶回去再殺死，然後……分享我死後發散的能量嗎？」

黎楚懶洋洋插嘴道：「你未免想太多了。不說你面前的王根本不需要覬覦任何人的能力，我也看不上你這……有點噁心的能力。這麼多血混合在一起，你不覺得髒嗎？」

「髒」這個字瞬間擊中了戴維的弱點，他在猛地俯身咳嗽起來，身體蜷縮成瘦小的一圈，聲音發著抖：「是啊，我這麼……髒……」

黎楚又道：「何止是你的血很髒？你殺了這麼多無辜人類，手也很髒，想必心中也是齷齪十足，黑漆漆一片吧。這座宮殿這麼噁心，你的共生者藏在這裡……」

戴維立刻語無倫次地反駁道：「不！你什麼都不懂！我渾身上下都是髒的，只有……只有捧給貝拉的東西，我……我怎麼能把那麼髒的東西給貝拉？只有最好……最乾淨的處子之血，才能……才能救她……」

戴維將頭埋進雙手之中，聲音竟然染上了哭腔：「你們……為什麼阻止我救她？我這輩子，活了下來，都是因為……放不下她啊……」

沈修看了黎楚一眼，但默許他繼續刺激戴維。

黎楚看見戴維幾乎要崩潰，換成較為溫和的語氣說道：「你想救她，為什麼不找別人幫忙？就算人類的醫學技術無法救她，但契約者的能力未必沒有辦法，總比你現在將她藏起來，一個人想辦法要好得多。」

戴維稍微平靜了一些，因為情緒波動而痛苦地喘著氣，更虛弱地說道：「不，我的公主，我已經找到了辦法救她……是你們！是你們總在阻止我！」

他淒聲喊道：「這世上所有的生命都會消亡！我也會！這腐朽骯髒的一切怎麼能比得上我的女兒！」

轟然巨響，三道強大的博伊德光在狹小的空間裡爆射而出！

血鑄宮殿幾乎立刻產生了裂紋，強烈的震盪使得整個戰鬥空間變得極不安穩。

「牧血人」戴維坐在輪椅上，兩旁鮮血鑄成的石柱分裂成千萬把晶瑩剔透的小刀，瘋狂射向沈修。

沈修一手虛握，所有飛射而來的血液都偏離了方向。

緊接著地面搖撼，一道道裂紋擴散，牆面與地板轉瞬傾覆！碎裂的固態血液在戴維的指揮下紛紛向沈修和黎楚砸落，攻擊從四面八方而來。

沈修甩手，在博伊德光中，碎石崩裂成片片碎屑。

眼前的血人用陰沉的視線不斷掃視，目光所到之處，一切血液都成為了可怕的武器！

黎楚站在原地，分毫不傷，無數數據在他眼前流淌，他說道：「你們繼續打，還有三根承重柱。這空間挖得太深了，塌了之後我們可能沒事，裡面那個共生者就活不成了！」

戴維立刻發出刺耳的嘯聲，喘著粗氣停下了攻擊。

一切又靜止了下來，斷壁殘垣中，三個人互相對峙。

沒有人收起能力，沈修上前一步，攔在黎楚身前，做出了保護的姿態。

戴維猛烈地咳嗽著，幾乎無法呼吸。

地面上的碎屑從固體重新化為液態血液，蜿蜒著向戴維腳下聚集。

黎楚道：「你是哪條野路子出來的契約者？SgrA 是什麼組織你不清楚嗎？王的屬下總是有傑出的治療師，那才是最好的救人途徑。你究竟有沒有想過，你還能活多久，到底能不能救你女兒；你死了之後，你女兒又該如何獨自生活下去？」

戴維痛苦地揪著自己的胸口，嘶聲說道：「難道要我將女兒交給你們嗎？我見過……太多契約者的組織了！你們根本不在乎共生者的死活，只會想要利用她的剩餘價值！憑什麼……憑什麼要我相信你？」

黎楚冷冷道：「就憑他是王。」

沈修搖搖頭，收起能力。

他知道黎楚想做什麼。他從沒有試過以勸服的方式捕捉契約者……或許以前試過，但很快，沈修就發現對於桀敖不馴的契約者，用王的力量直接鎮壓，反而是最有效率的途徑。

黎楚與戴維對視。

「如果王要你死，剛才你就死過一千遍了，你信不信？他不想讓你女兒活命的話，你立刻就會死在這裡，然後你女兒照樣要死，一切沒有改變。我和你說這麼多，就是想救你的女兒！你還不明白嗎，只有SgrA的治療師才能保住她的性命。」

他沒有提戴維自己的性命。他們都知道，戴維不會活下去。

戴維有該死的理由，也有渴求死亡的心。

戴維頹然無力地倒在輪椅上，喃喃道：「你說的對，我不是你們的對手……你不殺我……真的是因為，你們會幫我救伊莎貝爾嗎？你們真的……能救她嗎？」

淚眼朦朧中，他看向這兩個人。

至高無上的王，和他身邊的神祕人。

黎楚嘆了口氣，道：「帶我們進去看看吧。你是後天型的契約者？女兒出生後才擁有了能力吧……如果她就是你的共生者，也許薩拉不費吹灰之力就可以救她。」

他看向戴維。

戴維身上的鮮血甲殼慢慢融化，露出了裡面如惡鬼一般的枯槁面容，臉上仍有兩道淚痕。

這個惡鬼卻含淚地溫暖微笑著：「好……我相信你。只要能救伊莎貝爾，其他一切都微不足道。」

8

最後一道門打開了，門上的浮雕少女帶著悲憫的神情。

裡面是一片純粹由血液組成的「巢穴」。無數鮮血構成血流，在半空中來回流淌，交織成巨大的網。最底下則是一座血池，源源不絕地輸出新鮮血液。

空中，血液包裹成繭，裡面熟睡著一名十一、二歲的少女。

她是這座血鑄宮殿的公主殿下，伊莎貝爾。

黎楚走到巢穴下方，注意到戴維用能力為伊莎貝爾建立了兩個體外的血液循環系統。

恐怕戴維殺了那麼多年輕女性，帶走的乾淨血液都用來維持伊莎貝爾的身體機能。他是牧血人，有能力判斷哪種血液乾淨、適用。

伊莎貝爾太瘦了，作為共生者的她肌肉萎縮得很嚴重，這導致戴維也身體衰弱，不得不坐著輪椅，平時以控制血液來活動。

戴維在兩米遠處，虔誠地抬頭看著自己女兒的睡顏。

他說話時，語調裡帶著為人父的驕傲與慈悲：「這是我的女兒伊莎貝爾。她出生後，我就擁有了能力，也知道了契約者和共生者的世界……她的母親死得太早了，我一個人撫養她，我以為只要不用能力，這輩子就能平平安安地過。

「我那個時候太蠢了，我甚至不知道是哪個組織暗算我，他們派出普通人來抓伊莎貝爾，給她……給她注射了白粉。」

戴維深吸一口氣，試著平復語氣：「他們注射的劑量太大，伊莎貝爾根本承受不了……我實在沒有辦法，給她換了我的血，可是我那時不知道近親不可以這樣輸血。」

黎楚道：「輸血相關移植物抗宿主病？」

戴維以手掩面，痛苦地說道：「是，GVHD……是我害了她，我太愚蠢了，那些電視劇都是騙人的，近親輸血風險太大了。她得了這個病，不到一週就要死了，根本沒有救。

「我走投無路，嘗試了給她換一個陌生人的血，全部血液都換，這樣她才活下來了，可是造血和免疫系統全面崩潰。我必須每週提供兩個完整活人的血液才能……我起初只是偷醫院的血庫，誰知道那些血太多太混雜了，捐血者裡面居然混進了愛滋病人！

「五年前，發現貝拉感染愛滋的時候我幾乎瘋掉了！我只能……我只能殺人……我想過報仇，更想找治療師，可我都辦不到。我是一個平民出身的契約者，哪個組織會幫助我？我根本都不知道誰暗算我……我也不在乎報仇了，我只想救女兒，只要她好好活著，其他都無所謂。告訴我，你們能救她嗎？」

黎楚簡短有力地說：「能。」

戴維說：「……好，我相信你，我相信王。我會跟你們走，但走之前，能不能讓我再看貝拉兩眼？我是一個失敗的父親，沒辦法給她安穩的生活，我只想……在死之前，好好看看她。」

黎楚同意了。

戴維小心地揮散一道道血流，伊莎貝爾被鮮血托著來到他面前。

黎楚不去打擾那對父女，回過頭，見沈修站在身後看著自己。

「怎麼了？」

沈修道：「沒什麼。」

黎楚走過去，說道：「我還挺羨慕他們的，我沒有父母，也感受不到什麼父愛。不過，這世上如果有個人肯為誰付出一切的話，大概也只有父母了。」

沈修淡淡道：「『你』是有父母的，只是沒有見過。」

黎楚道：「也對。也許他們看見我，會很失望吧——你又如何？有個身為王的兒子，令父想必很驕傲。」

沈修垂下眼，不置可否地嗯了一聲。

「謝謝你們。」戴維的聲音從前方傳來。

黎楚回頭看去。

電光石火！

所有鮮血迸發沸騰，無數利劍從地面驟然穿刺而出，猝不及防間，黎楚單手支地，向後方翻滾。

沈修的氣場鋪展開來，利劍發出巨響，紛紛折斷。

眼前的血池湧出數不盡的鮮血支流，如同強壯的觸手一般向兩人掃來。

沈修冷哼一聲，一手向前，將滔天巨浪阻擋在半米之外。

一切動作快如閃電，黎楚剛剛落地，低頭看了一眼，左手手臂上有一個不超過兩公分的傷口。

血海中慢慢凸出一道人形，戴維冷冷道：「我很想感激你們，但是我忽然發現，我果然還是太蠢了。契約者都是不值得信任的存在，你說你是王，我也不信！停手吧！你的同伴剛才受了傷。」

黎楚站起身，聽見戴維毫無感情的聲音，心裡閃過一個念頭：伴生關係恢復了！

交換體液換取的「交頸」時間一過，戴維的情緒感知，又被冥冥之中的契約共生規則抽走了。他不再是為了女兒而痛哭懊悔的老父親，而又成為了一個殺伐果斷、殘忍虐殺無辜少女的殺戮機器。

契約者就是如此可悲的存在。

戴維峻聲道：「你的同伴被我控制的血刺傷，現在他隨時可能感染愛滋病。想救他，可以，但我會跟著你，讓那個治療師先救伊莎貝爾，否則——」

沈修皺眉，沒有回頭去看身後的黎楚。

黎楚眼中散發博伊德光，說道：「假的。這裡的血都是為伊莎貝爾輸送的乾淨血液，根本沒有愛滋病。」

戴維冷哼道：「你確實很聰明，我瞭解為什麼他會帶著你來戰鬥。但是，別忘了我是『牧血人』，你的身體裡只要有一絲不屬於你的血，我就可以控制它，穿破你的肺腑，讓你死得很痛苦！」

「也是假的。」黎楚垂下手，一道血液從他的手臂內側流淌下來，從指尖滴落，「剛才還有，可惜我已經將它排出體外了。」

「可惡！」戴維嘶吼，「沒有人會幫助我，也沒有人有資格憐憫我！只有血，是我的臣民，我的世界！」

下一刻，血潮再起！

轟隆巨響中，一切都解體了，通道崩碎，然而露出的一絲天空馬上被鋪天蓋地的血色遮掩。

整座宮殿化為液體，在沈修和黎楚身側飛速旋轉。血海中如同起了漩渦，將兩人向內捲入，只要有一絲破綻，戴維就能化出無數觸手，將兩人粉身碎骨！

沈修終於開口說話了，他說：「你不該在我的面前傷人。我身為王，本就不需要證明。」

他抬起頭，從眉心到髮梢，都漫溢出極其精煉的精神力量。

博伊德光驟然從血海之中爆發！

世界彷彿有一瞬間靜謐無聲，黎楚耳畔只聽到一聲嗡然輕響，接著大片大片的光芒被吞噬，一切事物都失去色彩，一切物質都沒有存在感，在這極其可怕的單調感中，忽然閃現了一點細小的光——

光芒只有針尖大小，然而有如時鐘般一圈圈向外擴散出脈衝光暈，它在幾秒內忽然一漲，變成豆大的圓斑，隨即從中心處暴露出如深淵的黑色。

深不可測，又毀天滅地的黑暗！

黑暗的邊緣爆發出極為驚人的博伊德光，這光彷彿象徵著毀滅的神明，向外輻射出無盡威能！

黎楚心知這樣強度的光會使眼睛受到傷害，只能背過身緊閉雙目，雙手竭力遮擋，然而依然一片光亮灼目。

直到一隻屬於沈修的手，輕輕遮擋在眼前。

最後的光芒一閃。

一切寂靜，血潮消散無蹤。

原地餘下一個方圓百米的深坑，周圍道道溝壑縱橫交錯，路面上一切都彷彿經歷千年光陰般化為沙土，融化的柏油往壑口下滲漏。深坑中，只有寥寥幾灘血泊。

戴維失去了下半身，上半截身體在一片碎屑中竭力爬行，留下一道觸目驚心的血痕。

他忘記了自己還能控制血液，甚至忘記自己快要死了。

伊莎貝爾落在廢墟中，沈修沒有殺她。

戴維用手肘在地上爬行，直到無力再支起身體，就以手指摳動泥土，指甲全部都翻開，指尖變成白骨，終於小心地，輕輕碰了碰伊莎貝爾的臉頰。

伊莎貝爾咳了一聲，失去溫暖的血池包裹，冷得瑟瑟發抖，虛弱地被迫醒來，茫然看向戴維。

戴維白骨森森的指尖輕輕碰到了她，血液沾上了乾淨無瑕的臉。

他驚惶地伸出手，想擦去這點血跡。

這骯髒而罪惡的、屬於她父親的血。

伊莎貝爾小心地伸出手，握住了父親的手，茫然呼喚道：「爸爸？」

戴維疲倦地閉上眼睛，一聲長嗟。

「對不起，貝拉……爸爸不能……給妳……更多了……」

十一年又七個月前，那個裹在襁褓裡，臉蛋皺巴巴、還在不停哭泣的孩子。

抱起她的時候，心裡就產生了一生都用不完的勇氣，可以為她做任何事情，唯一想得到的，大概就是這一句「爸爸」而已。

我發誓，會以我全部的骨血和魂靈來愛她。我多想讓她一生，都是幸福的公主殿下……

這是我的……女兒啊……

9

黎楚半跪在地，痛苦地深呼吸。

汗水從他額頭滴落下來，他緊握著雙拳，兩手近乎痙攣，只能徒勞發出微弱的呻吟。

沈修小心地壓制住他，防止他傷害到自己，同時拉開他的衣服，檢查他有沒有受傷。

沒有傷口。

黎楚牢牢抓著他的手腕，咬牙隱忍道：「戰痛……」

戰痛，是伴生關係中，對共生者最痛苦的一條。

契約者發動能力時，根據力度強弱，會使共生者產生不同程度的疼痛，這種疼痛不作用於生理，即使黎楚也無法將之忽視。

唯有通過交換體液，才有可能減緩痛苦。

但是根據交換程度不同，能減緩的程度也不同。

不久前他們的那個吻，還不足以抵消沈修剛才高強度發動能力時產生的戰痛。

沈修明白過來，毫不猶豫地挽起袖子，在自己掌心劃出一道傷口。

剛才黎楚被戴維攻擊時受了一點小傷，但已經不再流血，沈修只得在他掌心也劃出一道相似的傷口，將自己的手掌覆了上去。

十指交握，血液相纏。

黎楚仰頭看著沈修，深深的琥珀色眼瞳因為痛苦而略微擴散。

沈修看著這對眼眸，許久後俯身，輕輕吻住了他。

黎楚閉上眼。胸口感受著他帶來的疼痛，掌心流淌著他的鮮血，舌尖已經感受到他熾烈的溫度。

這場令人疲憊的漫長追逐戰，到此時此刻，終於完結了。

血流了一地，不遠處十一歲的伊莎貝爾站起身，搖搖晃晃地走過來。

伊莎貝爾茫然道：「你們……是誰？」

她的契約者死了，她成為了普通人類，並失去一切相關的記憶。

黎楚嘆了口氣，放開沈修的手掌，緩緩起身道：「該回去了。」

SgrA的情報員馬可總是神通廣大，因為戰鬥結束之後，他便立刻給了司機指示。

當沈修、黎楚和伊莎貝爾回到路邊時，來接他們的車便剛好駛了過來。

司機女孩停在路邊，探頭看見路中那個天坑一般的空洞，嚇得不敢說話，連連回頭去看沈修和黎楚，附帶好奇地偷瞄伊莎貝爾。

伊莎貝爾一個人縮在角落，沒有安全感地雙手抱膝，怯生生看著幾人。

沈修的手機又響了起來，他接通電話，那一頭是薩拉。

在他交談時，黎楚見伊莎貝爾縮在一角，看起來有些冷，便遞給她一件外套。

伊莎貝爾睜大眼睛看著黎楚，像一隻迷茫的幼鹿，帶著不諳世事的天真和弱小生命的警覺。

黎楚替她輕輕抹去了臉上最後一抹血跡。

伊莎貝爾彷彿從這動作中感受了一絲溫柔，看著面前英俊優雅的男人，不禁問道：「你們是來接我回家的嗎？」

黎楚想了想小女孩的問題，最後說道：「我們是來找妳爸爸的。」

伊莎貝爾問道：「那你們找到我爸爸了嗎？」

「找到了。」黎楚溫和道，「他說，讓我們代替他，送妳去看病。」

伊莎貝爾鼓起腮幫子：「我沒有生病，可是爸爸病了，病得很嚴重，我很擔心他……」

她愣了一下，忽然迷茫地回想許久，問道：「可是……我爸爸是誰啊？大哥哥，你認識他嗎？」

「認識。」黎楚說。

伊莎貝爾愣愣問道：「對不起，我怎麼忽然忘記了呢！爸爸到底長什麼樣子，他……高嗎？他好看嗎？他是不是像大哥哥你一樣溫柔呢？」

黎楚溫和地摸摸伊莎貝爾的額頭，淡淡道：「他很愛妳。」

小女孩嗯了聲，有些低落地說：「我怎麼會忘了爸爸呢，太不該了，他會不會生我的氣？等他來看我的時候，大哥哥你要幫我說點好話呀，我會乖乖的，我也會愛他的。」

黎楚應了一聲，不再說話。

一小時後，眾人回到北庭花園。

薩拉在門口等待多時，一見到沈修和黎楚手上的傷口——剛剛在車上做過包紮——她忍不住狠狠地瞪了黎楚一眼。

黎楚無辜地回望。

沈修拒絕了薩拉的治療，只說道：「一點小傷而已。」

薩拉看向怯怯跟在後面的伊莎貝爾，眼裡帶著一絲對共生者的憐憫，柔聲道：「來，小妹妹，來姐姐這裡。」

伊莎貝爾不知所措地看了看黎楚，見他點頭許可，便小心地走過去，禮貌地說：「阿姨好。」

薩拉石化：「……」

黎楚咳了兩聲，假裝沒聽見，跟著沈修進屋去了。

沈修進門後，在壁櫥裡翻了一會兒，取出醫藥箱，一言不發地遞給黎楚。

黎楚打開看了一眼，問道：「你打算怎麼處置那個小女孩？」

沈修道：「薩拉不能治療她。」

黎楚當然知道薩拉已經不能救她了。

薩拉的能力是使傷口、疾病在一對契約者或者共生者之間，或者在對方和自己之間進行轉移。伊莎貝爾得的是愛滋病，她的契約者又已經死了，薩拉不可能轉移走她的病。

沈修道：「我會發信函給『黑主教』，如果她肯收留這個孩子，應該可以治好她。」

黎楚好奇道：「以 SgrA 名義的信？」

沈修道：「私人名義。」

黎楚挑眉，不再繼續追問，拿著醫藥箱離開，順便道：「晚安。」

隨後發現沈修看著自己，不禁投去一個詢問的眼神。

但沈修轉過臉，顯然不打算多說。

黎楚上樓時，方聽見身後傳來他的聲音。

「……晚安。」

這天夜裡，黎楚躺倒在床上，閉上眼時除了一片血色，就是沈修挺拔的背影。

——沈修的能力究竟是什麼？

這個問題困擾了黎楚兩天。最開始，他猜測是與念動力有關的能力，後來又覺得可能是一種力場，但現在，似乎又有更多的可能性……

黎楚回想著最後那次可怕的攻擊，他近乎本能地躲避那股力場，連開啟能力進行分析都忘了。

至少有數噸重的物質在那一次攻擊下直接湮滅，這種可怕的能力……光是這一種攻擊，就足以讓他單人面對幾個師團的軍隊，王果然都是戰爭利器。

黎楚想了片刻，將食指輕輕放在自己唇上，想起了與沈修的那個吻。

沈修當時，是出於緩解戰痛，所以進行了唾液交換嗎？

10

黎楚有生以來第一次，閉眼十五分鐘都沒能入睡。

身為契約者時，他從來不會產生情緒，自然也不會因為情緒而失眠。

但是這一次，他在一天裡經歷了太多情緒，這些情緒對他而言都極為陌生，要小心翼翼去對待，去感受，才能發現其中的內涵。

黎楚翻身起床，找到了何思哲的筆電。

因為幾天沒用，這臺二手筆記本已經沒電了，他只得再去向管家要了通用的充電器，插上好一會兒，總算開了機。

黎楚打開網頁，想了半天，搜索了伊卡洛斯的消息。

——迄今沒有什麼進展。

為了打發時間，黎楚又打開了微博。

他沒有微博帳號，打開時自動登錄的是何思哲的帳號，名字是「睡眠不足的大河」，底下的介紹是「插畫家」，裡面的內容基本上是幾張慘兮兮的插畫。

何思哲更新名字很頻繁，一天改好幾次，一下是「吃撐了的大河」，一下是「丟了五塊錢的大河」，不過他發的圖內容香豔，還是有幾個粉絲。

他最後一條微博說：「我要跟著大神進修！努力回來發福利圖給大家！」

底下評論寥寥，何思哲死的那天，有一個叫「codinga」人評論說：「加油哦！我等著你的圖！」

幾天前，「codinga」又發了一條評論：「你去哪啦？穿越了？」

那之後就沒有留言了。

黎楚又看了看之前那幅美人魚圖的消息，因為熱度過去，已經沒什麼人發表評論了。有幾個冒充「二何」的人倒是很快被揭穿，也算是因此紅了一回。

他想了想，又開始用能力作畫了。

這次他畫的是伊莎貝爾熟睡的樣子。

八百萬像素的解析度往往意味著精工細作，但對黎楚來說，只要電腦和自己的精神內核之間連接正確，再大片大片地調動自己的記憶細胞，加以大致的想像力就足夠了。

博伊德光平穩發散，短短幾分鐘後，圖畫大致成形。

畫中背景是一片暗紅的不祥色澤。

伊莎貝爾天真無辜地熟睡在暗紅色的被褥上，潔白的面頰微微嘟起，與暗沉的背景色對比鮮明。她綁著兩條辮子，穿著純白的公主裙，白色流蘇垂落，花瓣一樣的腳趾悄悄在薄薄的被子外露出一小截。

一隻粗礪但溫柔的手小心地撫上她的臉頰，那是屬於父親的手。

黎楚想起了戴維。

這個男人實際上軟弱又感情豐沛，腦子不怎麼聰明，還容易聽信別人的話。

可是成為契約者，或者說封印了感情之後，再如何蠢笨的人也能因為鐵石心腸而變得冷靜理智，隨時作出不帶感情、完全以自己為中心的判斷。

戴維在恢復伴生特性之後不信任他們，其實是很正常的判斷。試想，一個搶劫犯被兩個陌生人用槍指著，陌生人說：「我們是來幫你的，幫你的原因則是因為我是好人，而且他很有錢，用不著騙你。」搶劫犯該選擇試著抵抗，還是相信陌生人？

對戴維來說還有一個原因，他和貝拉被一個不知名組織毀了人生，他至今不知道仇人是誰，所以對待陌生契約者總是多一層顧慮和審視。

在他情緒崩潰的時候，可能會緊緊抓著這根救命稻草，一旦他情緒平穩，就很容易想到這可能是仇人的陷阱。

契約者們經常連自己的共生者都不信，更遑論其他契約者。

可是，即便如此，那個身為父親的戴維，依然令黎楚有些羨慕。也許正是這種羨慕，使得黎楚選擇勸服戴維，當他與戴維對話時，未必沒有產生過對可憐之人的憐憫和對可恨之人的憎惡。

黎楚羨慕的人，通常是感情充沛的人，想哭就能哭出來、沒事也能經常笑的人，可以坦蕩地說出「我愛你」且真正全身心愛著誰的人。比如何思哲，比如戴維。

也許真正失去過的人，才能領悟黎楚對情緒感知的依賴。

筆電的風扇再次高速運轉了起來。

黎楚將畫面擴大，在伊莎貝爾身前，畫上了一個只露出上半身的男人。

男人背後鮮血淋漓，狼狽不堪，背在身後的右手白骨嶙峋、布滿血跡，甚至連脖頸都沾著暗紅的血，可是他的左手乾淨而溫暖，小心地想要觸摸女兒的臉頰。

他命不久長了，臉上帶著傷痛，和歉疚。他眼神中充滿絕望，那種絕望成為整個暗色調背景裡最深沉的一點，是遍體鱗傷卻求而不得，粉身碎骨仍不能甘心的絕望。

黎楚嘆了口氣，又看了一眼，將畫上傳。

他將何思哲的帳號改了名字，就叫做「大河二何」，隨後發了一條新微博：

「大河永遠封筆了。我是二何。」

後面便跟著這張圖，落款處也是「大河二何」，圖片命名為——

《純血公主》。

這是個超大資訊流可以滿世界亂竄的時代。

很快，這張圖就以網路為載體，化為一道資料，升上天空，被複製成無數新的資料流程，沿著光纜、沿著無形的訊號，在各種電子設備上，在各種人的面前展現出來。

關注了何思哲的人在一次刷新後，忽然看見了一條簡短的微博，點開小圖後，第一眼，就被深沉凝重的巨大悲傷所俘獲，在大片的不祥色彩中看到一種令人觸目驚心的血腥，和直徹靈魂的悲涼。

只要看一眼，就彷彿沉溺深海，圖中男人無形的壓迫和絕望感沉沉地籠罩在心頭，以至於看見那熟睡的小公主，就好像看見了血海裡開出一朵潔白的花來。

三分鐘後，第一條評論終於出現了。

「嗚嗚嗚嗚嗚嗚啊啊啊嗚嗚嗚嗚……」

就只是沒有意義的嗚咽而已。

黎楚順便刷新了一下，底下忽然之間竄出了很多點讚和轉發的人。

每隔十幾秒，就有人在底下評論，或轉發評論說：

「這圖太暗黑了！看了好難過好沉重啊！守著這個小女孩的男人太可憐了，作者大大你為什麼要這麼對他！」

「臥槽看得我虎軀一震，這男人有多大恨啊，沒人覺得除了絕望還很血腥嗎？」

「天啊我信了！這絕對是真・二何！是本人沒錯！男神快看我！」

「這個男人是騎士嗎？他在守護公主？好溫柔，又好絕望啊……」

「只有我哭了嗎？」

在那之後，轉發的人就興起了一個話題「男神二何再現」，幾乎馬上被頂到了熱門。

一條微博被十個人看到還不可怕，可怕的是但凡看過的人，都沒辦法不被這幅圖所吸引，為了發洩心中壓抑的巨大感情，他們紛紛迫不及待地選擇了轉發和評論。

以十傳百，而後在這個特殊的平臺上，引發了更熱烈的討論。

黎楚的原微博立刻聚集了超高人氣，評論大致分為三類：一種是討論畫裡人物和情節，一種是膜拜二何男神再現、來送膝蓋，一種則是單純看了圖以後的情緒發洩。

黎楚刷了一會兒，忍不住笑了起來。

除了被一些網路用語逗得忍俊不禁外，竟然還有一種特別的成就感。

他的作品，有人誇，有人認可，有人喜歡。

這就足夠開心了。

可是最令黎楚感到異常滿足的，居然是有人被一張CG作品震撼得落淚。

他瞇起眼，摸摸下巴，忽然不懷好意地笑了。

怎麼辦，果然還是惹別人嚎啕大哭，最令人興奮了。

——《靈魂侵襲01》完

高寶書版集團
gobooks.com.tw

BL001
靈魂侵襲01

作　　者　指尖的詠嘆調
繪　　者　六百一
編　　輯　林紓平
校　　對　任芸慧
美術編輯　林鈞儀
排　　版　彭立瑋

發 行 人　朱凱蕾
出　　版　英屬維京群島商高寶國際有限公司臺灣分公司
　　　　　Global Group Holdings, Ltd.
地　　址　臺北市內湖區洲子街88號3樓
網　　址　www.gobooks.com.tw
電　　話　(02) 27992788
電　　郵　readers@gobooks.com.tw（讀者服務部）
　　　　　pr@gobooks.com.tw（公關諮詢部）
傳　　真　出版部　(02) 27990909　行銷部 (02) 27993088
郵政劃撥　19394552
戶　　名　英屬維京群島商高寶國際有限公司臺灣分公司
發　　行　希代多媒體書版股份有限公司/Printed in Taiwan
初版日期　2018年3月

國家圖書館出版品預行編目(CIP)資料

靈魂侵襲 / 指尖的詠嘆調著.-- 初版. -- 臺北市
: 高寶國際, 2018.03-
　冊；　公分. --

ISBN 978-986-361-491-3(第1冊：平裝)

857.7　　　106024940

三日月書版

三日月書版

GOBOOKS
& SITAK
GROUP©

GOBOOKS & SITAK GROUP ©